Jan Flieger
wurde 1941 in Berlin geboren. Er erwarb einen Abschluss als Diplom-Wirtschaftsingenieur und arbeitet heute als Pressesprecher in Leipzig. Der vielseitige Autor schreibt sowohl Krimis für Erwachsene als auch Kinder- und Jugendbücher. Für seine Jugendbücher erhielt er den Theodor-Körner-Preis.

Jan Flieger

CLUB PARADISO

Das Labyrinth in den Klippen

SCHNEIDER BUCH

Die Deutsche Bibliothek – CIP-Einheitsaufnahme

Club Paradiso. – München : Egmont Schneider

Bd. 3. Das Labyrinth in den Klippen / Jan Flieger. – 1999
ISBN 3-505-11121-X

Dieses Buch wurde auf chlorfreies, umweltfreundlich hergestelltes Papier gedruckt. Es entspricht den neuen Rechtschreibregeln.

Der Schneider Verlag im Internet:
http://www.schneiderbuch.de

Nach einer Idee von Michael Czernich
Lektorat: Iris Praël
Umschlaggestaltung: Lüders & Baran, München
Titelbild: Thomas Thiemeyer
Herstellung/Satz: FIBO Lichtsatz GmbH, Unterhaching
Schrift: 11 Punkt Aldus
Druck: Presse-Druck, Augsburg
Bindung: Conzella Urban Meister, München-Dornach
ISBN 3-505-11121-X

99 00 / 8 7 6 5 4 3 2 1

INHALT

MR. COOL

Dieser Flughafen ist der reinste Ameisenhaufen!, dachte Marko. Ein riesiger Bau mit unzähligen Gängen und Hallen, in denen die Menschen hektisch hin und her rennen.

Er schob betont lässig seine Hände in die Taschen der abgewetzten braunen Lederjacke, die er von seinem Vater abgestaubt hatte.

„Und gleich anrufen!", hörte er Mom besorgt sagen. „Vor allem, wenn was los ist. Dafür haben wir euch das Handy mitgegeben."

„Logo", stöhnte Marko und schielte genervt zu seiner Schwester Jennifer hinüber. Auch in ihren Augen las er: Oldies nerven immer. Und besonders Lisa und Willy Heimberger. Wäre Mom doch lieber bei Dad im Teleshop geblieben!

Ein Superlob für Tante Andrea, dachte er. Denn ohne ihre Einladung hätten Jennifer und er jetzt nicht nach Kreta fliegen können.

„Eine Durchsage", rief Lisa Heimberger aufgeregt. „Euer Flieger!"

„Keine Panik auf der Titanic", brummte Marko und griff nach seiner Reisetasche.

Nun brabbelte Mom hektisch auf Jennifer ein, die viel sagend die Augen verdrehte.

„Klaro, Mama. Klaro, Mama", versicherte Jennifer leiernd, um den Schwall der guten Ratschläge zu unterbrechen. „Wir müssen nun wirklich gehen."

Auf der Gangway sahen sich Jennifer und Marko erleichtert an. Großzügig überließ Marko ihr den Fensterplatz, obwohl es eigentlich sein Sitz gewesen wäre. „For you, Baby."

Ohne auf seine Worte zu achten, lümmelte sich Jennifer auf den Sitz.

„Wahnsinn! Wir haben's geschafft: Endlich allein in die Ferien!"

Marko kniff Jennifer begeistert in die Kniekehle.

„Blödmann", quietschte die Schwester. „Du hast ein Benehmen wie ein Neandertaler." Dann schlug Jennifer ein Gruselbuch auf. Sie bekam ganz rote Ohren und las und las. Das war das beste Rezept gegen ihre Flugangst.

Marko blätterte in einer Sportzeitschrift.

Aber so richtig konzentrieren konnte er sich nicht, er war viel zu aufgeregt. Nur Jennifer durfte er das nicht zeigen, denn dann würde sie ihn wohl nicht mehr Mr. Cool nennen. Bald jedoch beruhigte er sich und nickte ein.

Auf einmal schreckte er auf und war sofort hellwach. Die Bordansage kündigte den Zielflughafen Iráklion an.

„Diese blöden Ohrenschmerzen", murmelte Jennifer, blickte von ihrem Buch auf und schluckte heftig. „Die hab sicher nur ich." Dann steckte sie sich einen Finger in jedes Ohr, wobei sie ihren Bruder musterte. Gleich würde Marko wieder seine obercoole Sonnenbrille aufsetzen, und alle würden ihn für einen Italiener halten. Wenn er dann noch seine Show abzog, indem er gebrochen Deutsch sprach und ab und zu ein paar Brocken Italienisch einflocht, würde sie richtig sauer werden. Denn mit seinem südländischen Aussehen und seinem Charme konnte er fast alle um den Finger wickeln. Da war er eben Mr. Cool.

Die blonde Stewardess mit den Veilchenaugen lief durch den Gang und prüfte, ob alle

Passagiere angeschnallt waren. Marko sah ihr versonnen nach und dachte an die herrlichen Tage, die folgen würden: Schlemmen, Volleyballspielen, Schwimmen und Faulenzen. Allerdings waren die Club-Ferien mit Andrea bis jetzt alles andere als ein Erholungsurlaub gewesen: Auf Mallorca und in Ägypten hatten er und seine Schwester beide Male einen kniffeligen Fall lösen müssen, und immer hatte ihnen Andrea, die im Club Paradiso als Animateurin arbeitete, in brenzligen Situationen geholfen.

Wieder kniff Marko seine Schwester.

„Neandertaler, ich sag's doch", fauchte Jennifer und rieb sich die schmerzende Stelle.

„Kreta, wir kommen!", jubelte Marko unverdrossen und grinste Jennifer an.

Sie schnitt ihm eine Grimasse und blickte mit Genugtuung auf seine weiten Schlabberhosen. An seinem rechten Hosenbein entdeckte sie einen Fettfleck mittlerer Größe: Der stammte von der letzten Bockwurst in der Flughafenhalle. Auch wenn man schon dreizehn war, ein Ass in Mathe und Flirtweltmeister – Flecken machte man trotzdem. Jennifers Grinsen war schadenfroh.

Sie ordnete ihr dunkelblondes Kraushaar und tastete dann in den Seitentaschen ihrer Khaki-Jacke nach dem Handy. Aufmerksam blickte sie durch das kleine, ovale Fenster nach unten: weiße Bergkämme, das Grün der Weingärten und Olivenhaine, das tintenblaue Meer. Und endlich die Stadt Iráklion. Die Maschine setzte zum Landeanflug an. Schon huschten Rohbauten und Ginsterbüsche an den Fenstern vorbei, dann holperten sie über das Rollfeld des Airports.

Aber Jennifers Ohrenschmerzen wichen nur langsam.

„Siehst irgendwie mitgenommen aus, Schwesterchen", sagte Marko.

„Sehr witzig", brummte Jennifer.

Als das Signal ertönte, erhoben sie sich, um auszusteigen.

Draußen empfing sie der Lärm der Flughalle und das Chaos an der Gepäckausgabe. Koffer aus aller Welt. Kreta war offensichtlich ein beliebtes Urlaubsziel.

Ein Sonnenstrahl fällt in mein Herz, dachte Marko erleichtert, als er Andrea erkannte, die den Geschwistern zuwinkte.

Marko mochte Andrea sehr. Sie war fünfundzwanzig, beherrschte fast alle Sportarten und war bereit, jeden Spaß mitzumachen. Als Animateurin konnte sie Jennifer und Marko jeweils dort in den Ferien-Club einladen, wo sie gerade arbeitete. Und da sie alle paar Monate in ein anderes Land kam, war das für die Geschwister natürlich sehr spannend. Da trauerten sie den Campingferien mit ihren Eltern keine Sekunde lang nach!

Andrea umarmte die Geschwister stürmisch und strahlte übers ganze Gesicht. Dann liefen die drei, beladen mit Gepäck, zum Parkplatz. Dort stiegen sie in einen blauen Mondeo-Kombi mit der Aufschrift *Club Paradiso* ein.

„Wir müssen ein ganzes Stück fahren", erklärte Andrea entschuldigend. „Übrigens: Heute Abend ist Disko."

„Cooler Anfang", meinte Jennifer begeistert.

„Du bist erst zwölf", stellte Marko fest.

„Aber Jennifer hat genauso Urlaub wie du", sagte Andrea mit einem schelmischen Augenzwinkern.

„Blödmann", giftete Jennifer Marko an. „Nur weil du ein Jahr älter bist als ich, spielst du dich auf wie ein Ochsenfrosch!"

Marko wechselte elegant das Thema. „Und

wie läuft's bei dir, Andrea? Alles vom Feinsten? Toller Job?"

Andrea nickte. „Es ist anstrengend." Sie startete das Auto.

Marko und Jennifer wandten sich um und sahen durch die Heckscheibe. Im blauen Himmel wurden die Umrisse der einfliegenden Air-Jets immer kleiner. Zu beiden Seiten der Straße erblickten die Geschwister zuerst Häuser und Hotels, dann folgte eine felsige Disteleinöde. Weitere Hotels und Tavernen lagen wie hingewürfelt zwischen den Feldern.

Als die Straße aus einer S-förmigen Kurve heraustrat, sahen sie eine blendend weiß gekalkte Kapelle unter einem überhängenden Felsdach, das in den Berg hineingetrieben war. Hohe Eukalyptusbäume spendeten Schatten. Gegenüber der Kapelle lag ein Strand. Dann folgte ein Hotelkomplex nach dem anderen.

Jennifer war beeindruckt von der schroffen, schwarzen Klippenküste, der wieder ein Strand mit Liegestühlen und Sonnenschirmen folgte. Ein wenig später schrumpfte der Strand zu kargen Sand- und Kiesflecken.

Die Straße überquerte eine Felskuppe. Unvermittelt bot sich ihnen der Ausblick auf eine

Bucht mit einem langen Sandstrand, dahinter das tiefblaue Meer, die Ausläufer eines Gebirges und ein Kalksteinkap.

„Eine Bilderbuch-Bay", meinte Jennifer.

Andrea fuhr sehr forsch und überholte am laufenden Band.

Währenddessen beobachtete Marko interessiert einen Fallschirmsegler, der von einem Motorboot gezogen wurde. In seiner Bugwelle hüpfte ein „Crazy-Banana-Boot."

In ausgewaschenen Uferklippen lagen hübsche kleine Badebuchten. Aus dem klaren Wasser ragten Felsplatten.

Müde vom Flug und den vielen neuen Eindrücken, döste Marko schließlich ein. Er erwachte, als ihn jemand in die Wange kniff.

„Hey, Bruderherz", brüllte ihm die Schwester unsanft ins Ohr.

„Du nervst, Jennifer. Was ist denn los?" Verschlafen rubbelte er mit beiden Händen sein dunkles Haar.

Jennifer flötete aufgeregt: „Der *Club Paradiso* liegt vor uns."

Marko gähnte verschlafen.

Zwischen Fächerpalmen standen Bungalows, weiß und pastellfarben, eingerahmt von Bäumen, Büschen und Kakteen. Dazwischen verliefen Wege aus steinernen Platten wie Schneisen durch den saftigen Rasen. In der Mitte der Anlage war ein riesiger Pool zu sehen.

„Obercool", fand Marko.

„Wir wohnen zusammen in einem Bungalow", sagte Andrea. „Ihr beiden habt ein Zimmer für euch."

„Jeder von uns?", wollte Jennifer wissen.

Andrea winkte ab. „So groß ist das Haus nun auch wieder nicht. Aber dafür sind hier 'ne Menge aufregender Dinge los. Surfen, Tauchen, Tennis, Volleyball, Wasserski, Biking, Poolspiele und Reiten. Reicht euch das?" Sie lachte.

„Klingt ja spannend", witzelte Marko. „Da kommt man ja nicht mal zum Luftholen."

Andrea grinste: „Tja, wenn du alles machen willst, natürlich schon. Aber den Tauchkurs kann ich euch empfehlen. Marko hat ja im Roten Meer sein erstes Abenteuer unter Wasser erlebt ..."

Sie hielten auf einem kleinen Platz, wo schon andere Autos standen.

„Ab hier müssen wir das Gepäck tragen", sagte Andrea und öffnete die Kofferklappe.

Der Bungalow, zu dem sie die Tante führte, hatte drei Zimmer. Im ersten stand eine blaue Liege am Fenster, eine weitere gab es an der Tür. Marko entschied sich sofort für die Liege am Fenster. Mit Schwung warf er seine Tasche darauf.

„Okay“, seufzte Jennifer, „ich will im Urlaub keinen Zoff. Bin ja einsichtig.“

EINE SENSATIONELLE NACHRICHT

Es herrschte Backofenhitze. Marko lümmelte sich auf dem Rasen herum. Der Ausflug gestern hatte ihn müde gemacht. Aber es war toll gewesen – als wenn man in eine andere Welt reist. Zusammen mit den anderen Jungen und Mädchen in der Gruppe der „Seeteufel" hatten die Geschwister den Palast des sagenhaften Königs Minos besucht. Dort sollte es ein Labyrinth gegeben haben, in dem der Herrscher ein schreckliches Monster gefangen gehalten hatte. Marko bekam eine Gänsehaut, wenn er nur daran dachte ...

Nach dem Ausflug hatten sie ein Volleyballmatch aufgezogen. Und als Sahnehäubchen hatte es abends noch eine Party gegeben.

Gelangweilt kaute Marko an einem Grashalm, als wäre er ein Kaugummi. Der Morgen nach dem Frühstück begann immer etwas träge. Aber wer konnte wissen, welche Überraschungen dieser Tag bieten würde! Zum Tauchen hatte er jedenfalls keine rechte Lust.

Marko setzte seine Kopfhörer auf und brachte den Walkman in Gang. Er schloss die Augen und dachte an nichts. Das war eine herrliche Ferienbeschäftigung. Einfach rumhängen und an nichts denken! Und vor allem keine nörgelnden Oldies: Marko mach dies, Marko mach das!

Da kam Jennifer angerannt.

„Das hat ja eine Ewigkeit gedauert", begrüßte Marko die Schwester. „Hast wohl das ganze Büfett leer gegessen?"

„O Mann, das ist ja ein Ding", keuchte Jennifer aufgeregt.

„Gibt's Ärger?" Marko nahm sofort den Kopfhörer ab und spitzte die Ohren.

Jennifer baute sich vor ihm auf. „Ich hab ein Gespräch belauscht. Und stell dir vor, was ich erfahren habe ..."

Marko gähnte und nuschelte: „Ich liebe Geheimnisse. Spuck's endlich aus!"

„Hier in der Gegend wird geklaut", verkündete Jennifer triumphierend.

„Schwachsinn", brummte ihr Bruder. „Die Griechen klauen nicht. Ehrenkodex."

„Eh, hör doch mal zu." Jennifer rüttelte Marko wieder hoch. „Echt! Wirklich! Ich hab's gehört! Schmuck, Kameras, Videogeräte, Klamotten. Und, das ist das Tollste, ein wertvoller Diamantring!"

„Mamma mia!", entfuhr es Marko nun.

Jennifer, froh darüber, endlich das Interesse ihres Bruders geweckt zu haben, sprudelte los. In einigen Hotelanlagen an der Küste seien schon seit einiger Zeit Diebe am Werk. Auch in Pensionen und am Strand. Hier im Club passe man höllisch auf, habe sie gehört. Sogar Privatdetektive seien engagiert worden.

„Und die Diebe?", wollte Marko wissen. „Hat man schon einen Verdacht?"

„Scherzkeks!", platzte Jennifer heraus. „Wenn man das wüsste, wären die doch schon längst eingelocht."

Marko rieb sich das Kinn. Nachdenklich betrachtete er Jennifer. „Sicher gibt's da 'ne große Belohnung, wenn man die Diebe erwischt", meinte er schließlich.

„Na, und unser Tauchlehrgang?", fragte Jennifer. „Der beginnt in einer Stunde!" Sie drehte eine Haarsträhne um ihren Finger und sah Marko befremdet an. So etwas Bescheuertes hatte sie noch nie gehört! Hier liefen schon massenhaft Profi-Schnüffler herum, und keiner von ihnen hatte bisher eine Spur gefunden. Und da wollten ausgerechnet sie beide den Fall knacken?

„Hey, du glaubst wohl, wir schaffen das nicht?“, fragte Marko bissig, so als ob er ihre Gedanken erraten hätte.

Jennifer ließ sich neben ihn ins Gras fallen. „Kriegsrat?“, fragte sie nur.

Marko grinste viel sagend. Es war wie in ihrem letzten Urlaub in Ägypten: Kaum waren sie da, begann auch schon das Abenteuer. Von einer Sekunde zur anderen. Dafür konnte man sogar auf den Tauchkurs verzichten!

„Zuerst“, erklärte Marko, „müssen wir den ganzen Club durchchecken.“

Jennifer lachte. „Spinnst du? Weißt du, wie groß der ist? Ehe du hier die Leute richtig kennst, sind sie schon wieder abgefahren.“

„Wir müssen doch nur diejenigen fischen, die sich verdächtig benehmen“, meinte Marko. „Wenn überall geklaut wird, müssen es Einheimische sein. Urlauber klauen nur in der eigenen Anlage.“

Jennifer schüttelte den Kopf. „Das können

aber auch Typen sein, die sich als Touristen tarnen und nur zum Klauen verreisen. Davon kann man sicher auch leben. Und der Verdacht fällt dann immer auf die Einheimischen."

Klingt irgendwie plausibel, dachte Marko. „Am besten, wir gehen mal all unsere Möglichkeiten durch", sagte er.

Marko hatte jede Menge Vorschläge.

Eine Karte der Hotelanlage besorgen?

War machbar.

Die Karte in vier Teile zerlegen und jedem zwei Bereiche zum Überwachen zuteilen?

War auch machbar.

Jedem Verdächtigen folgen, damit man wusste, woher er kam?

Klang nicht schlecht. Klang sogar tierisch gut.

„Also gut", seufzte Jennifer und setzte sich im Gras auf. Dann blickte sie nachdenklich in den bewölkten Himmel. „Das ist immerhin ein Anfang." Und plötzlich stupste sie Marko so heftig an, dass er auf die Seite kugelte.

„Ey, lass den Quatsch!", rief Marko sauer, doch Jennifer sauste schon davon, um an der Rezeption eine Geländekarte des Clubs zu besorgen. Bei der Betrachtung des Plans wurde den Geschwistern dann erst richtig bewusst, wie groß die Anlage war.

„Wow!“, entfuhr es Jennifer. „Da brauchen wir 'ne verdammt gute Nase.“

Marko grinste breit. „Kriegst wohl die Krise? Die Restaurants, die Kinderpools, die Planschbecken, die Tennisanlagen und Reitbahnen brauchen wir ja nicht zu überwachen. Da gibt's nicht viel zu klauen.“

„Und wie machen wir es?“, wollte Jennifer wissen.

Marko nickte. „Gute Frage. Ich denke, den Strandbereich lassen wir auch weg. Wir beobachten nur die Wohnbereiche, also alle Bungalows. Die sind die wahrscheinlichen Tatorte. Denk ich mal so.“

Jennifer nickte zustimmend.

Marko schob seinen Walkman in die Hosentasche und sah Jennifer entschlossen an. „Ab wann machen wir uns zum Affen?“

„Ab jetzt?“, kam es fragend von Jennifer. Und mit großen Augen schaute sie Marko an.

„Genau! Ab jetzt!“ Marko sprang rasch auf und streckte seine geballte Hand mit dem erhobenen Daumen Jennifer entgegen.

Und Jennifer rappelte sich hoch und ließ ebenfalls ihren Daumen nach oben schnellen.

DIE JAGD BEGINNT

Marko kaute lässig Kaugummi. Vor ihnen, im Grün der Bäume und Büsche, lagen die Bungalows.

„Also, ich weiß nicht ...", Jennifer kamen langsam Zweifel. „Wenn ich das große Gelände sehe, dann denk ich: ‚Da findest du eher 'ne Stecknadel im Heuhaufen als einen Dieb.' Ist doch so!"

Marko kaute weiter auf seinem Kaugummi herum, so, als würde ihm so der entscheidende Einfall kommen.

„Tja ...", sagte er gedehnt. „Hier düsen viele Typen rum. Aber wer von denen klaut?"

Jennifer fiel momentan nichts ein. Absolut nichts.

Marko schlug nach einer Fliege, die seinen Kopf umkreiste. Dann inspizierte er ausgiebig seine Fingernägel.

Jennifer seufzte laut. Im Krimi war alles irgendwie einfacher. Dort hatten die Fahnder immer sofort eine Spur. Hobbydetektive, wie sie und Marko, hatten ein härteres Leben. Dann spürte sie ein aufgeregtes Kribbeln im Bauch. Vielleicht kam ihnen ja der Zufall zu Hilfe!

„Wir schlendern erst mal einfach nur so rum", schlug Marko vor. „Wir müssen jeden Winkel des Geländes kennen lernen – und uns so viele Gesichter wie möglich einprägen."

Jennifer stöhnte auf.

„Wollen wir uns erst noch ein Eis holen?", schlug Marko vor.

Die Schwester winkte genervt ab. „Keine Lust." Aufmerksam musterte sie die Gegend.

„Okay, dann eben nicht", erwiderte Marko und wollte sich schon eingeschnappt davonschleichen, als er plötzlich eine seltsame Gestalt bemerkte: Etwa hundert Meter entfernt lehnte ein Mann an einem Baum und spähte gebannt zu den Bungalows hinüber. Dabei rauchte er eine Zigarette.

„Der beobachtet die Wohnhäuser", flüsterte Jennifer, die sofort in Markos Richtung geschaut hatte.

Marko brummte: „Hab ich auch gecheckt."

„Du, das wäre der größte Knaller des Jahrhunderts, wenn wir gleich am ersten Tag unserer geheimen Ermittlungen ..."

Marko hielt ihr die Hand vor den Mund und sagte ihr leise ins Ohr: „Wir legen uns wieder ins Gras, als wollten wir faulenzen, und machen keinen Mucks."

Das Gras war sonnenwarm und weich.

Der Verdächtige rauchte weiter.

„Der beobachtet die Fenster", meinte Marko. „Da kann er sehen, in welchen Zimmern die Leute nicht da sind. Dann geht er rein und räumt die Bude aus."

In Jennifers Bauch begann es wieder zu kribbeln. Ja, das musste einer von den Dieben sein.

So vergingen die Minuten. Der Verdächtige rauchte schon seine zweite Zigarette. Und er starrte noch immer zu den Bungalows hinüber.

„Wir bräuchten jetzt eine Polaroidkamera", flüsterte Jennifer. „Da hätten wir den Fiesling auf dem Foto. Sofort."

Sie hielten die Gesichter eng beieinander. Wie ein Pärchen. Aber aus den Augenwinkeln beobachteten sie den Mann. Doch der schien alle Zeit der Welt zu haben.

„Der steckt sich jetzt schon die dritte Zigarette an", stellte Jennifer fest.

„Kettenraucher", bemerkte Marko. „Eklig."

Aber plötzlich warf der Mann die Zigarette weg, obwohl er sie gerade erst angezündet hatte, und verließ den Schatten des Baumes.

Beinahe gleichzeitig setzten sich die beiden Detektive auf.

Langsam und betont lässig schlenderte der Mann auf die Bungalows zu.

„Wir stellen den Typen auf frischer Tat!", flüsterte Jennifer aufgeregt.

Marko kaute auf seiner Unterlippe. Seine Augen waren schmal geworden. Sein Blick folgte dem Mann.

Sie sahen, wie der Verdächtige seitlich in die Büsche trat, als ihm auf dem Weg eine Frau entgegenkam. Auch die Frau verschwand in den Büschen.

„Was ist denn da los?", fragte Jennifer.

„Sackgasse!", knurrte Marko. „Er trifft sich wohl heimlich mit der Frau."

Jennifer war enttäuscht.

„Los, wir dackeln weiter!", schlug Marko vor. „Aber diese Entdeckung behalten wir für uns."

„Logo“, erwiderte Jennifer lachend. „Das würde sonst einen schönen Urlaub geben.“

Sie gingen über die Wiese zum Plattenweg.

„Guck dir mal die Typen an, die man hier sieht“, lästerte Jennifer. „Immer nur im Liegestuhl rumhängen. Stinklangweilig. Naja, wir haben's auch nicht besser. Wir können tagelang so rumlaufen und immer nur Leute angucken. Davon werden wir auch nicht schlauer.“

„Wir kriegen die Diebe schon“, verkündete Marko siegessicher. „Wirst schon sehen.“

Jennifer malte mit dem großen Zeh Kreise auf den Boden. Marko ließ weiter seine Blicke schweifen.

„Echt langweilig“, murrte Jennifer.

Marko brauste auf. „Nimm dich zusammen. Das ist nun mal so. Denkst du, der Dieb kommt zu uns und sagt: Hier bin ich? Wir können noch Tage so rumhängen.“

Jennifer verdrehte die Augen. „Ist ja gut, Mr. Cool.“

Marko war offensichtlich stinksauer. Nerven wollte sie ihn eigentlich nicht. So trottete sie weiter neben ihm her und behielt nun aber das Gelände vor den Bungalows im Auge.

Plötzlich stupste sie Marko an. „Ein Einheimischer."

„Ein Gärtner", erwiderte Marko trocken.

„Na und, der hat auch zwei Hände!", konterte Jennifer. „Und er weiß, wo Leute wohnen, bei denen etwas zu holen ist."

Marko rieb sich das Kinn. „Der ist fest beim Club angestellt und gefährdet seinen Job nicht. Ehrlich, den können wir vergessen."

Jennifer schwieg, doch beobachtete sie den Gärtner weiter, bis er hinter einem der Gebäude verschwand. Pah, Marko wollte immer Recht haben. Mal sehen, wann der Gärtner wiederkam! Vielleicht trug er dann ein Päckchen unter dem Arm oder ein Handtuch, in dem das Diebesgut versteckt war.

An einem der Bungalowfenster gingen die Lamellen der Jalousien herunter.

Jennifer stutzte. Schade, dass man nicht in das Zimmer hineinsehen konnte. Wenn nun der Gärtner mit einem Nachschlüssel das Zimmer betreten hatte? Warum gingen die Lamellen gerade jetzt herunter? Irgendetwas geschah dort. Sie äußerte ihren Verdacht gegenüber Marko.

Doch der schüttelte nur den Kopf. „Ich krieg

'nen Lachkrampf. Du bist eine tolle Detektivin! Die gehen jetzt zum Strand und wollen die Hitze nicht ins Zimmer lassen, deswegen verdunkeln sie das Zimmer."

Jennifer wurde rot wie eine Tomate.

„Hm", machte sie. „Ich dachte, weil ..." Sie hatte sich echt blamiert. Peinlich.

Sie ließ den Blick an der Reihe der Fenster entlangwandern. Tatsächlich, bei den meisten waren die Lamellen unten. Aber nicht überall. An einem offenen Fenster stand ein Mann mit Glatze und rieb sich den Bauch. Er wandte sich plötzlich zurück und sagte etwas. Dann glotzte er weiter nach draußen. Verdammt! Wann kam der Gärtner wieder? Was machte er nur so lange? Vielleicht war er ...?

Da sah sie den Gärtner mit einem prallen Plastikbeutel zurückkommen. Sie boxte Marko derb in die Seite. „Und es ist doch der Gärtner! Er ist bestimmt auf der anderen Seite in den Bungalow gestiegen und hat jetzt die Beute in dem Beutel versteckt. Gut kombiniert, was?"

„Los, wir folgen ihm", brummte Marko. „Aber unauffällig!"

„Logo", versicherte Jennifer aufgeregt.

Der Gärtner sah sich nach allen Seiten um und steckte den Sack in einen Abfallkorb. Dann ging er eiligen Schrittes davon.

„Das ist perfekte Planung!“, meinte Jennifer. „Den Beutel holen bestimmt später die Komplizen ab. Das ist vollkommen durchorganisiert. Und so was checken nur wir!“

„Keine Panik auf der Titanic“, gab Marko zurück. „Wir müssen den Beutel erst mal untersuchen.“

Langsam schlenderten sie an den Abfallkorb heran. Im Vorbeigehen packte Marko den Sack blitzschnell mit zwei Fingern, trug ihn hinter einen Busch und öffnete ihn.

„Abfall!“, ächzte er wütend. „Echter Müll! Tolle Leistung.“

Jennifer wurde knallrot. „Ich hol auf jeden Fall jetzt mal meinen Fotoapparat“, sagte sie rasch.

DER SUPERDIEB

Als Jennifer zurückkam, war sie sehr aufgeregt. Verschwörerisch zog sie Marko hinter eine Hecke. „Der Typ am Bungalow", flüsterte sie leise.

Markos Blick folgte ihrer ausgestreckten Hand. Sie sahen einen Mann, der an der Tür eines Hauses stand. Es war ein großer Mann, um die dreißig, mit einem breiten Gesicht. Er hatte dichtes, fast blauschwarzes Haar.

„Wahrscheinlich ein Einheimischer", flüsterte Jennifer. „Der Typ tut erst so, als hätte er einen Schlüssel. Aber er hat keinen. Jetzt steht er am Bungalow und sieht sich um. Und einen Bademantel hat er auch über dem Arm, damit er die Beute verstecken kann."

Marko grinste breit. „Wir wollen erst mal sehen, was der Typ macht. Dass er misstrauische Blicke um sich wirft, macht ihn noch nicht verdächtig."

„Aber er wollte rein!", beharrte Jennifer. „Ich hab's genau gesehen."

Marko bedeutete ihr zu schweigen, denn nun untersuchte der Mann ein Fenster und drückte vorsichtig mit den Fingerspitzen dagegen. Offenbar war es verschlossen. Der Mann ging zum zweiten Fenster.

„Siehst du", wisperte Jennifer. „Der will einbrechen!"

„Immer die Ruhe bewahren!", brummte Marko.

Der Mann umrundete das Haus einmal und fand dann ein Fenster, das offenbar einen Spalt weit offen stand. Der Mann stieß es auf, blickte sich um und stieg in den Bungalow ein.

„Das ist der Kerl!", triumphierte Jennifer. „Wir haben ihn!"

Und Marko dachte gleich an einen neuen Computer, superneu, denn die Belohnung für die Ergreifung des Diebs würde sicher nicht zu knapp ausfallen.

Jennifer griff nach ihrer Kamera.

„Was willst du damit?", fragte Marko erstaunt.

„Ich schieße ein Foto von ihm, wenn er wieder raussteigt. Mit etwas Glück kriege ich sein Gesicht so vor die Linse, dass es klar zu erkennen ist."

„Das kriegt der doch mit. Meinst du, er lässt uns einfach so mit dem Foto im Kasten entwischen?"

„Mach dir da keine Gedanken: Nur in dem Augenblick, in dem ich fotografiere, ist es gefährlich. Da muss ich aus der Deckung. Danach ducke ich mich gleich wieder hinter die Hecke, und wir hauen ab."

Sie warteten.

„Der durchsucht den ganzen Bungalow. Das ist ein böser Onkel, Bruderherz", lästerte Jennifer.

Sie hält den Fotoapparat wie eine Pistole, dachte Marko und grinste.

„Du nimmst nie was ernst", stöhnte Jennifer auf.

„Doch, doch, Schwester", versicherte Marko. „Werd jetzt nur nicht hektisch."

Endlich stieg der Mann wieder ganz langsam aus demselben Fenster, durch das er hineingekommen war.

„Klick!", machte Jennifers Fotoapparat. Und noch einmal „Klick". „Ich hab sein Gesicht", flüsterte sie. „Das werden Starfotos für die Polizei."

„Pass bloß auf, dass er uns nicht noch entdeckt", flüsterte Marko. „Deine alte Mühle macht ja einen Heidenlärm."

„Hab alles im Griff", zischte Jennifer und wäre beinahe aus der Deckung getreten, wenn Marko sie nicht am Arm zurückgezerrt hätte.

Unverwandt spähte der Mann in Richtung des Verstecks der Detektive.

„Nicht rühren", zischte Marko.

Sie standen reglos da und wagten nicht zu atmen.

Er kann uns nicht sehen, dachte Marko. Doch absolut sicher war er nicht. Andererseits, was konnte der Mann ihnen tun? Es waren zu viele Menschen in der Nähe. Der Typ konnte ihnen höchstens den Fotoapparat wegnehmen, um den Beweis für seinen Einbruch zu zerstören.

„Mist, er kommt her", stieß Jennifer hervor. „Ich glaube, er hat uns doch gesehen."

„Krieg jetzt bloß keinen Heulkrampf", stichelte Marko. „Der geht sicher auf dem Weg weiter. Der kommt nicht zu uns. Aber lass uns trotzdem abhauen!" Aber er spürte, wie sein

Mund trocken wurde und sein Magen sich zusammenkrampfte.

Blitzschnell düsten die Geschwister los. Sie waren beide gute Läufer. Jennifer konnte sogar schneller sprinten als Marko.

„Zum Strand!“, keuchte sie. „Da sind viele Menschen. Da kann er uns nichts tun.“

Sie hasteten quer über die Wiese, liefen durch Blumenrabatten und niedrige Büsche, bis sie den Weg erreichten, der zum Strand führte.

„Das war echt knapp“, japste Jennifer erleichtert. „Ich seh den Typen nicht mehr. Haben wir ihn abgehängt?“

„Okay“, stöhnte Marko und beugte sich tief ausatmend nach vorn. „Und nun?“, fragte er.

Jennifer strahlte ihn an: „Wir bringen den Film zur Schnellentwicklung. Und sobald wir die Bilder haben, gehen wir zu Andrea.“

„Und wo, bitte, gibt es hier so etwas? In der Küche?“, fragte Marko kopfschüttelnd.

„Spinner! Wir fahren nach Iráklion. Mit dem Taxi. Da gibt's sicher Fotogeschäfte.“

„Weißt du, was das kostet?“, meckerte Marko. „Da ist unser gesamtes Urlaubstaschengeld weg!“

„Dann nehmen wir eben den Bus", schlug Jennifer vor. „Wir haben alle Zeit der Welt. Wir haben die Fotos, und wir haben Ferien."

„Mm", meinte Marko. „Und Andrea? Wir dürfen doch nicht allein aus der Anlage raus."

„Wir legen ihr einen Zettel hin. Sie hat bestimmt Verständnis für uns."

„Ist okay", brummte Marko.

Die Klimaanlage im Bus hatte wohl einen kleinen Fehler, denn drinnen war es heiß und stickig.

„Ätzend", maulte Marko. Aber dann musste er wieder an den neuen Computer denken, den er sich von der erträumten Belohnung kaufen wollte. Da war die Höllenhitze sofort besser zu ertragen.

„Dieser Bummelbus braucht ja ewig", stöhnte Jennifer. „Der hält ja überall, in jedem Kaff."

Der Fahrer ließ Kassetten mit griechischer Musik laufen, die Jennifer und Marko gleich wieder in gute Laune versetzte.

Hinter ihnen saß ein schnarchender Mann in seiner schwarzen Tracht. Marko musterte interessiert die Umgebung des Fahrersitzes.

Sämtlicher verfügbarer Platz war mit heiligen Jungfrauen, Ikonen und Kreuzen dekoriert.

Längs der Straße waren Neubauten und Baustellen, aber auch alte Villen zu sehen. Aus den Dächern der Häuser wuchsen Antennen wie dünne Äste.

Der Bus hielt, und die Geschwister tauchten ein in das pulsierende Leben von Iráklion. Sie kamen an einem Brunnen mit vier Wasser speienden Löwen vorbei, sahen Bars und Straßencafés und ließen sich in den Basargassen vom Menschenstrom treiben. Der Geruch von frischen Kräutern, von Gewürzen und Käse lag in der Luft. Stoßstange an Stoßstange schoben sich die Autos durch die Stadt. Überall staute sich der Verkehr. Schließlich bogen die Geschwister in eins der Seitengässchen ein.

„Nirgends ein Fotoladen", knurrte Marko, der langsam ungeduldig wurde.

Schuhmacher hämmerten und stichelten vor offenen Läden, die von Markisen überspannt waren. Schuhputzer hielten nach Kundschaft Ausschau.

Hinter einem krummen Gässchen sahen sie, ziegelrot und mächtig, die Stadtmauer aufragen.

„Das muss die venezianische Stadtmauer sein“, rief Jennifer aus.

„Mir wäre ein Fotoladen lieber“, stöhnte Marko. „Ehrlich. Das Rumgelaufe ist ätzend.“

Als sie schon recht müde waren, fanden sie endlich einen kleinen Laden, in dessen Schaufenster Fotoapparate und Objektive lagen.

Jennifer nahm eilig den zurückgespulten Film aus dem Apparat und öffnete die Ladentür.

Aber der Grieche, der einen dicken Schnauzbart trug und sie freundlich anlächelte, verstand nicht ein Wort Deutsch.

Jennifer wies auf den Film und hob den Zeigefinger.

„Willst du so dem Mann klarmachen, dass du die Abzüge in einer Stunde haben willst?“, fragte Marko spöttisch.

„Logo“, erwiderte Jennifer ungerührt und fuhr fort, ihre selbst erfundene Zeichensprache anzuwenden.

Der Verkäufer nickte lächelnd und packte die Filmrolle in ein Tütchen. Die Geschwister winkten ihm zum Abschied zu und verließen das Geschäft. Sie wollten sich während der Wartezeit die Stadt ansehen.

„Hoffentlich finden wir dann wieder zurück", meinte Jennifer besorgt.

„Keine Panik auf der Titanic", erwiderte Marko. „Wir richten uns nach der Stadtmauer. So können wir die Orientierung gar nicht verlieren."

Jennifer blinzelte ihn zweifelnd an. „Aber die Mauer soll sich doch um die ganze Altstadt herumziehen ..."

„Nun jammere nicht, es ist doch alles okay", brummte Marko. Aber er kaufte doch sicherheitshalber einen Stadtplan.

Sie überquerten einen Platz mit hohen Palmen und Eukalyptusbäumen, in dessen Mitte das Denkmal stand. Dann sahen sie eine gewaltige Kirche mit einer prächtigen Kuppel und zwei Glockentürmen, vielen Simsen und kunstvollen Verzierungen an der Fassade.

Sie bummelten zum Fischerhafen und an der Mole entlang. Dort erhob sich ein Kastell. Es war ein wuchtiges Bollwerk mit meterdicken Mauern und hohen Zinnengängen.

Sie leisteten sich ein Eis und schlenderten durch die Festung Cándia, deren Gewölbe düster waren und Lichtschächte mit winzigen Schießscharten hatten.

„Der Film ist sicher inzwischen entwickelt", meinte Jennifer, als sie die alten Gemäuer verließen.

Der Mann im Fotoladen strahlte, als er die Fotos vor ihnen auf dem Ladentisch ausbreitete.

„Sieht super aus, was?", jubelte Jennifer. Der Einbrecher war tatsächlich gut getroffen. Sein Gesicht schien für einen Steckbrief sehr geeignet. Jennifer konnte wirklich prima fotografieren. Sogar mit ihrem Uraltteil, wie Marko spöttisch ihre Kamera nannte.

„Echt stark", lobte er die Schwester und dachte dabei gleich wieder sehnsüchtig an die Belohnung, die sie vielleicht bekommen würden.

„Fahren wir zurück", schlug Jennifer vor.

Andrea war sauer – stinksauer. „Ihr löst euch in Luft auf und sagt niemandem Bescheid, dass ihr nicht zum Poolspiel kommt. Könnt ihr euch nicht wenigstens per Handy melden und sagen, wie lange ihr wegbleibt?"

Wenn sie sauer ist, sieht sie noch toller aus, dachte Marko.

Jennifer indessen breitete triumphierend die

Fotos, eins nach dem anderen, auf der Glasplatte der Rezeption aus. „Das ist der Meisterdieb“, verriet sie.

Andrea blickte überrascht auf die Bilder. „Wann hast du die gemacht?“

„Heute früh.“

„Wir haben eine Diebstahlmeldung. Zwei wertvolle Ringe. Aus einem Bungalow.“

„Wow“, entfuhr es Marko. Der neue Computer stand schon beinahe in seinem Zimmer. Nur noch ein paar kleine Formalitäten waren wohl nötig ...

„Zeigt mir den Bungalow!“, kommandierte Andrea. „Wenn ihr eine echte Spur habt, dürfen wir keine Sekunde verlieren.“

Nachdem Andrea die Sicherheitsleute des Clubs alarmiert hatte, hieß es für die Geschwister erst einmal: warten und nochmals warten. Die Zeit vertrieben sie sich im Pool.

Als Andrea zurückkam, blickte sie finster drein. „Es gab Ärger“, erklärte sie.

„Habt ihr den Typen denn nicht identifizieren können?“, platzte Jennifer heraus, während sie sich das Wasser aus den Haaren knetete.

„Und ob“, versicherte Andrea und stemmte

die Arme in die Hüften. „Der Mann ist der Mieter dieses Bungalows. Er hatte bloß seinen Schlüssel vergessen. Deshalb ist er durchs Fenster eingestiegen."

Marko verdrehte die Augen. Vor seinem inneren Auge wurde der Computer immer kleiner, bis er sich völlig auflöste.

„Na toll", stöhnte Jennifer.

Andrea ermahnte die Geschwister: „Lasst in Zukunft die Finger von solchen Spionage-Abenteuern!" Dann rauschte sie wütend davon.

Die Geschwister schwiegen eine Weile betreten. Doch dann meldete sich Jennifer, die natürlich nicht im Entferntesten daran dachte aufzugeben, erneut zu Wort: „Ich hab da noch eine Idee ... Was wäre, wenn die Diebe gar keine Erwachsenen sind?"

Markos Gesicht war ein einziges Fragezeichen. „Dann waren es wohl Mäuse?", fragte er bissig.

Jennifer schüttelte den Kopf. „Denk doch mal nach: Es könnten doch auch Kinder sein!"

Marko blickte die Schwester verständnislos an. Doch dann fiel endlich bei ihm der Groschen: „Du meinst, Kinder fallen nicht auf, bei denen denkt niemand an organisierten Diebstahl. Sie klauen das Zeug und liefern es an ihre erwachsenen Komplizen ab."

„Du bist also doch lernfähig", spöttelte Jennifer. „Wenn meine Vermutung stimmt, müssen wir alle einheimischen Kinder auf dem Clubgelände beobachten. Also, Mr Cool, setz dich in Bewegung!"

Grummelnd folgte ihr Marko zu den Gästebungalows.

DIE VERFOLGUNGSJAGD

Als sie schon eine Weile hinter der Hecke auf der Lauer gelegen hatten, entdeckten sie, wie sich zwei spielende Kinder den Wohnhäusern näherten. Der Junge mochte etwa dreizehn Jahre alt sein und hatte schwarzes, lockiges Haar. Neben ihm lief ein etwas jüngeres Mädchen mit einer braunen Mähne. Sie warfen einen Basketball hin und her.

Jennifer flüsterte: „Achtung, verdächtige Personen."

„Wo tigern die denn hin?", fragte Marko.

„Mal sehen", sagte Jennifer gespannt. „Wir schauen mal nach, wo sie hingehören."

„Eigentlich würde ich jetzt gern zur Abwechslung mal was essen", knurrte Marko.

Der schwarze Lockenkopf blieb stehen und sah sich um.

„Wir gehen einfach weiter", flüsterte Marko. „Starr sie bloß nicht so an."

Jennifer nickte.

Sie liefen an den beiden Kindern vorbei. Das Mädchen musterte sie neugierig.

Der Junge und das Mädchen liefen offensichtlich zum Ausgang der Clubanlage. Marko und Jennifer folgten ihnen in großem Abstand. Eine lärmende Gruppe von Urlaubern verdeckte ihnen plötzlich die Sicht. Dann sahen sie die Verdächtigen auf einmal nicht mehr. Wohin konnten sie so plötzlich verschwunden sein?

„Verdammt!", schimpfte Marko. „Was sind wir bloß für Amateure!"

Jennifer zupfte an seinem Ärmel und deutete aufgeregt zur Straße hin. „Da, sie sitzen auf Rädern. Und diese Klapperkisten sind bestimmt keine Clubfahrräder."

„Es sind also tatsächlich Leute von hier", stellte Marko nachdenklich fest. „Vielleicht kommen sie ja morgen wieder. Und Räder müssen wir uns natürlich besorgen, damit wir im Notfall sofort die Verfolgung aufnehmen können."

„Kapiert, großer Meister", entgegnete Jennifer spitz. „Also kein Reiten, kein Volleyball, kein Tischtennis und kein Tauchen?"

„Du sagst es", stellte Marko fest.

„Und das Schachturnier?"

„Bist du nun Detektivin oder Schachweltmeisterin?", fragte Marko ungerührt.

„Ein Traumurlaub", murmelte Jennifer.

Der nächste Tag begann heißer als der vorige. Jennifer und Marko lauerten mit zwei der Clubfahrräder im Eingangsbereich, da sie annahmen, dass die beiden aus der Richtung kommen würden, in die sie am vorigen Tag abgefahren waren.

Und tatsächlich: Gegen Mittag tauchten die beiden Kinder wieder auf. Ohne Schwierigkeiten kamen sie durch das Tor zur Anlage, offenbar kannte sie das Personal. Vielleicht sind sie ja mit einem der Clubangestellten verwandt, dachte Jennifer.

Marko und Jennifer ließen ihre Fahrräder am Eingang zurück und folgten den beiden.

Der Lockenkopf und das langhaarige Mädchen schlenderten auf die Bungalows zu. Der Junge trug einen Bademantel unter dem Arm.

Zur Tarnung, überlegte Marko. Er wickelt

bestimmt das Diebesgut hinein. Echt schlau! Und sie fallen überhaupt nicht auf, dachte er. Hier laufen so viele Leute mit Badesachen unterm Arm herum.

Das Mädchen war stehen geblieben. Sie schien sich wachsam umzublicken.

„Ich seh den Jungen nicht mehr!“, wunderte sich Jennifer.

„Wir verstecken uns“, schlug Marko vor. „Irgendwo muss der Typ ja sein.“

„In einem Bungalow“, witzelte Jennifer. „Der klaut gerade die Kronjuwelen.“

„Genau“, entgegnete Marko im Scherz. Doch im gleichen Augenblick erstarrte er: Der Junge mit den schwarzen Haaren stieg gerade aus einem Fenster des Bungalows, der im Schatten einer Zypresse stand. Gemächlich schlenderte er durch die Anlage, so als wäre nichts geschehen.

„Irre!“, zischte Marko. „Das ging so schnell, dass kein Mensch außer uns was mitgekriegt hat.“

„Wir können die beiden doch gleich anzeigen“, schlug Jennifer vor.

„Damit sind wir doch schon mal ganz schön reingefallen, Jennifer. Vielleicht gehören die zwei ja zu guter Letzt auch zu den Schlüsselverlierern. Wer weiß, was die sich für Ausreden einfallen lassen! Nee, wir müssen rauskriegen, wo sie das Zeug hinschaffen. Dann kommen wir auch an die Hintermänner heran."

Doch die beiden Detektive mussten feststellen, dass es gar nicht so einfach war, jemanden zu beschatten. Denn sie hielten so viel „Sicherheitsabstand", dass sie ihre Verdächtigen ganz plötzlich aus den Augen verloren.

„Wir warten", schlug Marko vor. „Die müssen wieder auftauchen."

Eine Horde kleiner Kinder sauste johlend an ihnen vorbei. Sie jagten einem Mädchen hinterher, dass ein knallrotes T-Shirt trug. Der fröhliche Lärm ihrer Stimmen übertönte jedes andere Geräusch.

„Kleine Monster", knurrte Marko.

Die wilde Truppe lief weiter, dem Pool entgegen. Jennifer kaute auf ihrer Unterlippe.

„Cool bleiben!", mahnte Marko. „Sie kommen."

Jennifer sah den Jungen mit dem Lockenkopf, der nun den Bademantel wie ein Paket unter dem Arm trug. Offensichtlich transportierte er darin irgendeinen Gegenstand. Vielleicht ein Schmuckkästchen?, überlegte Jennifer. Das langhaarige Mädchen folgte dicht hinter ihm.

Jennifer und Marko liefen zu ihren Rädern, da nun zu erwarten war, dass die beiden mutmaßlichen Diebe den Club verlassen würden.

„Und wenn sie merken, dass wir ihnen hinterherdüsen?", fragte Jennifer besorgt.

Marko beruhigte die Schwester: „Einen großen Abstand müssten wir natürlich schon halten."

Die beiden griechischen Kinder liefen zu ihren Rädern, entnahmen dem Gepäckträger Rucksäcke und packten zwei Kästchen aus Leder hinein. Marko glaubte für einen Augenblick, eine goldene Kette in der Hand des Mädchens aufblitzen zu sehen. Kopfschüttelnd beobachtete er die Szene. „Pass auf, jetzt verdünnisieren sie sich. Und wie ich sehe, hast du ausgerechnet heute deinen blöden Fotoapparat nicht mit", meckerte er.

Jennifer verdrehte die Augen, sagte aber nichts.

Der Lockenkopf radelte als Erster los; er trat wie wild in die Pedale. Das Mädchen folgte ihm. Sie überholten andere Radfahrer, die gemütlich über die Landstraße gondelten.

Nun gab Jennifer das Signal zur Verfolgung. Die Mountainbikes aus dem Club funktionierten tadellos und halfen, Steigungen im Nu zu überwinden.

Der Lockenkopf hielt auf der Uferstraße ein scharfes Tempo, und das Mädchen klebte förmlich an seinem Hinterrad.

„Mann", keuchte Jennifer, „sind die schnell!"

Einmal blickte der schwarzhaarige Junge prüfend zurück, wahrscheinlich um sich davon zu überzeugen, dass seine Komplizin die Geschwindigkeit hielt.

„Der schöpft noch keinen Verdacht", knurrte Marko, der schon ein unangenehmes Ziehen in den Oberschenkeln verspürte.

Das Wetter hatte sich während der rasenden Fahrt verändert. Immer mehr Wolken zogen auf, und der Wind wurde stärker. Er blies ihnen direkt ins Gesicht.

„Mist!", rief Jennifer und wischte sich ein Sandkorn aus dem Auge.

Marko radelte verbissen weiter, den Blick starr auf das langhaarige Mädchen gerichtet, das raste, als gäbe es gar keinen Wind.

„Mann, müssen die trainiert haben!“, grummelte Marko vor sich hin. Bei den vielen Kurven und Steigungen kam er mächtig ins Schwitzen – und das, obwohl er im Vergleich zu den Flüchtenden das bessere Bike hatte!

Die Wolkenberge, die ihnen am Himmel entgegenzogen, wurden immer dunkler. Weiße Schaumkämme tanzten auf dem nun dunkelblauen Wasser.

Auch Jennifer schien ein wenig die Puste auszugehen, denn sie fiel einige Meter zurück. Andere Radfahrer befanden sich bereits in der Lücke zwischen den griechischen Kindern und ihren Verfolgern. Und alle traten kräftig in die Pedale, um noch vor dem Regen in ihren Quartieren sein.

Die Straße schlängelte sich direkt am Meer entlang. Auf der dem Land zugewandten Seite tauchten vereinzelt Gehöfte auf. Einmal sahen sie eine Frau, die eilig Wäsche von der Leine nahm.

„So wie's aussieht, müssen wir wohl die ganze Küste entlangstrampeln“, schimpfte Marko.

Aber Jennifer hörte ihn nicht. Seine Stimme wurde verweht. Mit zusammengebissenen

Zähnen kämpfte sie sich vor, Meter um Meter. Die Küste vor ihnen wurde immer zerklüfteter.

Marko warf Jennifer einen verzweifelten Blick zu. „Schneller!", rief er laut. „Sonst verlieren wir sie!"

„Okay", stöhnte Jennifer.

Die Geschwister sausten weiter ohne Sinn für die Landschaft um sie herum. Sie sahen nicht die Wellen, die sich an den Klippen brachen, nicht die kleine felsige Insel in Küstennähe, nicht den Sandstrand und die flachen Dünen.

Zu ihrer linken Seite tauchte ein Olivenhain auf. Später folgten rechter Hand ein paar alte Häuser auf einem Hang, und, gut geschützt in einem malerischen Felsenfjord, ein Fischerhafen mit bunten Booten, grün, rot und blau.

Aus den Augenwinkeln nahmen sie ein Dorf wahr mit engen Gässchen und niedrigen Häusern. Am Meer hatte nun der Kiesstrand begonnen. Halb fertige Holzblockhäuser drängten sich in einer kleinen Bucht. Dahinter stiegen die Felsen steil an.

„Schneller!", drängte Marko.

Sehnsüchtig blickte Jennifer zu einer Taverne direkt am Staßenrand hinüber. Jetzt ein Eis!, dachte sie, ein herrliches kühles Eis.

Auf einem Felsen stand ein weißes Marmorkreuz. Sie überholten zwei Rucksacktouristen, einen jungen Mann mit blonden langen Haaren und ein Mädchen mit Stoppelfrisur, die anhielten, um den langen Kiesstrand hinabzulaufen, der von mehreren Tamarisken beschattet wurde.

Eine wilde Klippenküste lag nun zwischen den Geschwistern und dem Meer.

„O Mann", keuchte Jennifer. Sie war am Ende ihrer Kräfte.

„Sie sind weg!", schrie Marko auf einmal und bremste so scharf, dass Jennifer beinahe mit ihm zusammengestoßen wäre. „Nach der letzten Kurve haben sie sich in Luft aufgelöst."

Die Verfolgten mussten an irgendeiner Stelle zwischen den Felsen verschwunden sein und ihre Räder blitzschnell versteckt haben. Und so standen Marko und Jennifer wie begossene Pudel am Straßenrand und überlegten, was sie nun tun sollten.

„Wir können unmöglich die ganze Felsenküste absuchen!", meinte Marko; sein Atem ging schnell.

„Die müssen doch irgendwo wieder auftauchen", japste Jennifer.

Nach einer halben Stunde des Wartens wurde den beiden Detektiven klar, dass niemand mehr auftauchen würde.

Marko rieb sich das Kinn. „Aber sie müssen ja wieder auf die Straße zurück. Zwischen den Felsen können sie doch nicht wohnen, oder?"

„Selbst wenn, dann wissen wir nicht, an welcher Stelle sie auf die Straße zurückkommen. Am besten, du findest dich damit ab, Bruderherz: Sie haben uns endgültig abgehängt. Und damit wir hier nicht länger Trübsal blasen, schlage ich vor, dass wir uns in der Taverne ein Eis genehmigen."

„Ich könnte eher eine Limo gebrauchen", erwiderte Marko. „Lass uns also zurückdüsen."

Nach wenigen Minuten Fahrzeit sahen sie schon die kleine Taverne mit den grünen Tischen und blauen Stühlen vor der Tür.

„Da ist zu. Da sitzt kein Mensch!", maulte Jennifer.

„Kunststück, Schwesterchen! Bei dem Wetter! Aber wir halten es schon ein paar Minuten aus, bevor der große Regen kommt."

Der Wirt, ein großer, breitschultriger Mann mit einem gewaltigen Schnauzbart, trat an ihren Tisch.

„Seid ihr Deutsche?", fragte er.

Jennifer nickte erfreut.

„Das habe ich mir gleich gedacht, als ich euch sprechen gehört habe. Ich war nämlich vier Jahre in Deutschland, in Bochum. Ich habe dort gearbeitet, deshalb kann ich eure Sprache."

Die neuen Gäste gaben ihre Bestellungen auf.

„Das ist eine wilde Klippenküste hier", sagte Marko, als der Wirt mit dem Eis und dem Getränk zurückkam.

Der Mann strahlte. „Es ist eine alte Piratenküste. Hier sollen sie früher ihre Beute versteckt haben, in Höhlen, die das Wasser in den Fels gewaschen hat. Die Leute hier sagen, dass die Seeräuber die Höhlen zu Irrgängen ausgebaut haben."

Markos Müdigkeit war bei diesen Worten auf einen Schlag verflogen. „Und die Höhlen befinden sich direkt in den Klippen?"

Der Wirt nickte und fuhr fort: Die Höhlen seien nur sehr schwer zu finden. Man müsse Glück haben. Auch von den Einheimischen wüssten wenige, wo genau sich das Labyrinth befände. Dort drinnen sei es stockdunkel. Aber es solle auch Gänge geben, die direkt nach oben ans Tageslicht führten. „Aber ich selbst bin noch nie darin gewesen", schloss er. „Die Piratenzeiten sind außerdem längst vorbei."

Marko versetzte Jennifer einen leichten Stoß mit dem Ellbogen.

„Hab ja zugehört", zischte sie.

„Aber die Höhlen sind gefährlich", warnte der Wirt. „Da solltet ihr auf keinen Fall reingehen."

Gemächlich schlenderte er mit dem leeren Tablett in die Schankstube zurück.

Marko widmete sich intensiv seiner Limonade, Jennifer begann ihr Eis zu löffeln.

„Ali Baba und die vierzig Räuber", meinte Jennifer mit vollem Mund. „Stimmt's, Bruderherz?"

„Du hast's erfasst", erwiderte Marko. „Ich wette, unsere beiden Verdächtigen sind in dem Höhlenlabyrinth verschwunden."

Jennifer grinste. „Wenn du meinst." Genussvoll leckte sie den Löffel ab.

„Am besten gehen wir sofort die Höhle suchen", schlug Marko vor.

„Du willst nicht zahlen?", fragte Jennifer erstaunt.

„Doch. Aber jeder zahlt für sich", sagte er trocken und winkte dem Wirt.

DIE GEHEIMNISVOLLE HÖHLE

„Wir stellen die Räder in die Felsnische dort", schlug Marko vor. „Da klaut sie keiner. Und dann los! Jeder nimmt sich ungefähr zwanzig Quadratmeter Felsen vor und sucht das Gelände bis zum Meer ab. Allzu weit können die Höhlen ja nicht weg sein."

Marko trug die Räder zur Felsspalte. Von der Straße aus konnte man sie nicht sehen. Die Tarnung war perfekt.

Am Himmel hatte sich ein schwarzes Wolkengebirge gebildet. Der erste Blitz zuckte schon. Die Geschwister erschraken: Das verhieß nichts Gutes.

Mit gewaltigem Getöse brachen sich die Wellen an den Klippen. Gischtfontänen schossen in die Höhe. Jennifer und Marko schienen die einzigen menschlichen Wesen in der zerklüfteten Landschaft zu sein.

„Wir klettern zum Meer runter", schlug

Marko vor. „Da sind flache Felsvorsprünge." Er stieg als Erster hinab. Plötzlich hob er die Arme, winkte wild.

„Was ist denn?", keuchte Jennifer, als sie ihn erreichte. Ihr Blick folgte der Richtung seines Zeigefingers. Tosendes Meerwasser schoss in den pechschwarzen Schlund einer Felsenhöhle unter ihnen.

„Wie kommen wir da rein?", fragte Jennifer.

„Da werden wir wohl tauchen müssen", brummte Marko und zog sich aus. „Na, komm", drängte Marko. „Du hast doch sowieso immer deinen Badeanzug drunter. Und dann rein in die Höhle. Oder hast du etwa Angst?"

„Natürlich nicht", erwiderte die Schwester, aber ihre Stimme zitterte ein wenig.

Das Licht eines gezackten Blitzes fiel auf die Klippen, als Marko in das schäumende Wasser eintauchte und Sekunden später im Schlund der Höhle verschwunden war.

Jennifer entkleidete sich, ließ sich mutig ins Wasser gleiten und wurde vom Sog in das Innere der Höhle gerissen. Markos Hände griffen nach ihr und zogen sie aus dem Wasser.

In einer gewaltigen Höhle, in die Licht

durch Öffnungen im Fels fiel, hockten sie nun schlotternd auf einem breiten Felsplateau und blickten sich staunend um.

Selbst Marko hatte es kurz die Sprache verschlagen. „So 'ne große Höhle hab ich noch nie gesehn, nicht mal im Fernsehen."

Jennifer schlug die Arme kreuzweise um ihren Oberkörper, denn sie fror erbärmlich. „Und nun?", überlegte sie laut. „Wo könnten die Diebe hier ihre Beute versteckt haben?"

„Es muss Höhlengänge geben", erwiderte Marko. „Wir müssen einfach alles absuchen. Der Wirt hat doch von einem Labyrinth gesprochen!"

Jennifer seufzte. Marko zog die tropfende Nase hoch.

„Bewegung macht warm", belehrte Marko seine Schwester.

Sie zog ihm eine eindeutige Grimasse, begann dann aber doch mit der Suche.

Die Felsen waren im unteren Bereich sehr glitschig, denn dort hatte sie das Wasser glatt geschliffen. Als die Geschwister höher hinaufkletterten, erreichten sie trockene Stellen.

Marko war schon etwas weiter vorgedrungen, auf einmal sah Jennifer ihn nicht mehr.

Plötzlich hallte sein Indianerschrei durch die Höhle. „Hier verzweigen sich die Gänge", rief er nach hinten. Jennifer konnte jedes Wort verstehen. „Hier ist tatsächlich ein Labyrinth. Komm schnell her!"

Seine Stimme klang plötzlich fern, so als würde er sich immer weiter von Jennifer wegbewegen.

Sie folgte seiner Stimme. Frierend kletterte sie die Felswand hinauf und gelangte schließlich zu einem schmalen dunklen Gang, an dessen Eingang Marko auf sie wartete. Sie blickte in die Furcht erregende Finsternis hinein.

„Halt dich an meiner Hose fest", riet ihr Marko. „Rutsch mir einfach hinterher." Er schlug ihr vor, dass sie lieber kriechen sollten, denn wenn sie aufrecht gingen, konnten sie mit dem Kopf gegen Felsen stoßen.

„Schon kapiert", erwiderte Jennifer, aber ein wenig unheimlich fand sie das ganze Unternehmen doch. Auf den Knien rutschend, folgte sie ihm. Der Boden war gefährlich glatt. Wie lang war dieser Gang wohl? Nahm er denn gar kein Ende? Und zurück mussten sie ja auch wieder!

Auch Marko lief ein Schauder über den Rücken. Aber plötzlich sah er weiter vorne einen schwachen Lichtschein. „Cool, was?", keuchte er. „Das ist das Highlight unserer Ferien."

Jennifer konnte sich bessere Erlebnisse vorstellen, aber sie schwieg. Sollte Marko doch ruhig den Obermacho spielen. Der würde schon noch merken, wer hier die besseren Nerven hatte!

Sie krochen weiter auf dem steinigen Untergrund. Ihre Knie schmerzten, der Schweiß stand ihnen trotz der Kälte auf der Stirn. Nun hatte auch Jennifer Gewissheit: Da war Licht.

„Hier verläuft ein Gang nach rechts", rief Marko. „Aber der ist auch stockdunkel. Der andere Gang links ist genauso finster. Ich schlage vor, wir nehmen den linken."

„Wir bräuchten eine Taschenlampe", ächzte Jennifer.

„Es geht auch so", knurrte Marko. „Wir müssen bloß dicht hintereinander bleiben."

Sehnsüchtig hob Jennifer noch einmal die Augen zum Licht, das durch eine schmale Felsspalte fiel.

Da stieß sie mit dem Kopf gegen einen Felsvorsprung. Es tat höllisch weh. Das gibt eine schöne Beule, dachte sie, eine schöne Riesenbeule. Sie rieb sich die schmerzende Stelle und starrte in das Dunkel, das nicht enden wollte.

Da ließ Marko plötzlich einen Jubelschrei los. „Ich spüre etwas Hartes ... Es ist Holz ... eine Kiste. Das muss das Versteck sein!"

Auch Jennifer konnte nun eine Holzkiste ertasten, daneben grobes Tuch – ein verschnürter Sack. Was außer Diebesgut sollte hier verborgen sein? Ein besseres Versteck konnte es nicht geben.

„Die beiden haben das Zeug sicher hierher geschafft", kombinierte sie laut.

Marko tastete vorsichtig herum. „Da sind noch mehr Kisten", flüsterte er. „Eine kann man, glaube ich, aufmachen." Er hob den Deckel und wühlte in der Kiste herum. Er spürte kühles Metall.

„Uhren!", wisperte er aufgeregt. „Das ist ja eine richtige Schatzkiste!"

Auch Jennifer begann nun ebenfalls, den Inhalt der Kiste zu untersuchen: Ketten, Ringe und Anhänger befanden sich neben einigen Armbanduhren darin.

„Lass uns keine Zeit verlieren", mahnte Marko. „Wir müssen zurück und der Polizei das Versteck melden. Das gibt eine himmlische Belohnung!"

„Und wenn inzwischen jemand anders kommt?", erwiderte Jennifer. „Dann ist unsere Belohnung futsch."

„Wer sollte denn schon bis hierher vordringen?", fragte ihr Bruder spöttisch.

„Du hast einfach keine Fantasie", maulte Jennifer.

„Ruhe!", zischte Marko unvermittelt. „Ich habe was gehört."

Eng aneinander gelehnt hockten sie im Höhlengang neben den Kisten. Nur ein fernes Rauschen war zu hören.

Aber war da nicht noch ein anderes Geräusch? Wenn nun die Diebe wiederkamen? Nicht die Kinder, sondern ihre Auftraggeber ... Dann waren sie verloren, eingesperrt in einem dunklen Verlies, aus dem es kein Entrinnen gab. Keiner würde ihre Schreie hören ...

Den Geschwistern schlug das Herz bis zum Hals.

Regungslos verharrten sie. Jetzt hörten sie ein Schlurfen. War das nicht ein Flüstern?

Kamen die Verbrecher bereits immer näher? Hatten sie vielleicht sogar Waffen bei sich?

Jennifer presste die flache Hand vor den Mund. Marko ballte verzweifelt die Fäuste. Beide wussten, dass sie nur eine Chance hatten, unentdeckt zu bleiben, wenn sie sich mucksmäuschenstill verhielten. Wie gelähmt kauerten sie in der Dunkelheit.

Auf einmal war es wieder völlig still.

„Vielleicht kamen die Geräusche von einem Tier", flüsterte Marko, um seine Schwester, aber auch sich selbst zu beruhigen.

„Jetzt müssen wir schleunigst hier raus", hauchte ihm Jennifer ins Ohr, die vor Kälte zitterte. „Das ist ja die reinste Gruft hier."

Und so schnell sie konnten, traten sie den Rückzug an. Doch in gewissen Abständen hielten sie immer wieder inne und horchten ängstlich in die Dunkelheit hinein.

Endlich war ein Lichtschein zu sehen. Der Gang bog in den anderen ab. Und wieder empfing sie Dunkelheit.

Und wenn die Verbrecher am Wasser schon auf uns warten?, fuhr es Jennifer durch den Kopf. Dort, wo die Wellen so stark rauschen, hört man keinen Schrei ...

Auf allen vieren kroch sie weiter.

„Schneller", raunte Marko ihr zu.

Endlich erreichten sie die große Höhle und kletterten rasch den Felsen hinab. Die Plattform, auf der sie vorhin gestanden hatten, war nun vom Wasser überspült.

„Der Sturm hat das Meer aufgewühlt. Wir werden Probleme haben, wenn wir rauswollen", keuchte Marko aufgeregt. „Wir müssen gegen die Strömung anschwimmen. Wir müssen unter den Wellen durchschwimmen. So geht es."

„Ich liebe Strömungen", seufzte Jennifer.

Marko blickte finster zum Eingang der Höhle, der unter Wasser lag. „Wir müssen raus! Ob wir wollen oder nicht."

Vorsichtig ließ er sich in das Wasser hinab, tauchte tief und schwamm gegen die Strömung. Die Wellen schlugen klatschend an die Felsen.

Jennifer trat von einem Fuß auf den anderen.

Hatte Marko es geschafft?

„Ich bin durch", hörte sie ihn plötzlich rufen. „Komm! Du schaffst es auch!"

Jennifer war nun ganz allein in der Höhle.

Eine panische Angst erfüllte sie. Sie blickte in den dunklen, weiß schäumenden Strudel hinab.

Schließlich kletterte sie ins Wasser, bemüht, tief unter der Oberfläche zu schwimmen. Doch es schien ihr, als ob sie für jeden Meter, den sie vorwärts kam, zwei Meter zurückgeworfen würde. Das Salzwasser brannte ihr in den Augen. Sie konnte die Luft nicht mehr anhalten, tauchte auf und schnappte nach Luft.

Die Strömung riss sie mit, warf sie an raue Felsen, an denen sie sich am Rücken die Haut aufschürfte.

Weiter, nur weiter! Das war ihr einziger Gedanke.

Sie schluckte Wasser, tauchte auf. Noch immer hatte sie die Höhle nicht verlassen.

Verzweifelt und erschöpft kletterte Jennifer aus dem Wasser auf einen Felsvorsprung. „Marko“, rief sie, „ich schaffe es einfach nicht hinüber!“

Markos Antwort klang wie aus weiter Ferne, so laut war die Brandung, gegen die er anschreien musste: Jennifer solle warten, bis das Meer sich beruhigte. Er könne inzwischen die Polizei holen.

Er lässt mich hier im Stich!, dachte Jennifer empört. Nun war sie ganz auf sich gestellt.

Währenddessen stieg Marko oben auf sein Rad.

Was soll ich nur tun, wenn jemand von der Bande zurückkommt?, dachte Jennifer verzweifelt. Wer konnte wissen, wie viele Gänge es hier gab? Vielleicht waren gefährliche Tiere in dieser Höhle! Sie dachte an einen Horrorfilm, den sie vor kurzem gesehen hatte. Vor ihrem inneren Auge tauchte ein schleimiges Monster mit aufgerissenem Kiefer aus der Tiefe auf. Sie schüttelte sich, um ihre schrecklichen Fantasien zu verscheuchen.

Mutlos hockte sie auf den Felsen der Höhle. Ihr Rücken brannte an den Stellen, wo sie vorhin an den Felsen geschlagen war. Und was noch schlimmer war: Sie fror erbärmlich.

Schöner Ausflug!, dachte sie bitter, und ihre Augen wurden feucht.

Der Wind pfiff durch die Felsspalten. Jennifer beschloss deshalb, wieder in die Gänge hineinzukriechen, weil es dort windgeschützt war. Vielleicht konnte sie bei den Kisten ja eine Decke oder etwas Stoff finden, die sie gegen die Kälte schützten.

Endlich angekommen, kauerte sich Jennifer auf eine Kiste. Etwas zum Einhüllen konnte sie nicht finden. Fröstelnd schlang sie die Arme um ihren Oberkörper und wartete darauf, dass die See sich beruhigte und sie aus eigener Kraft hinausschwimmen konnte.

Im Dunkeln schien die Zeit stillzustehen. Nur das Geräusch des schäumenden Wassers, das an die Felsen schlug, drang gedämpft an ihre Ohren.

Plötzlich war da ein Laut wie von fallenden Steinen. Es hörte sich so an, als ob ein schwerer Körper von oben in den Gang hinunterkletterte. War es ein Tier? Unmöglich, auf Kreta gibt es doch keine Bären, dachte Jennifer. Dann hörte sie auf einmal Stimmen, fremde Stimmen – eine hohe und eine tiefe.

Das war garantiert nicht Marko, er hätte längst gerufen, wenn er mit den Polizisten auf dem Weg zum Versteck wäre.

Sie wollen das Diebesgut abholen, schoss es Jennifer durch den Kopf. Sie kommen hierher! Ihr Herz raste. Hier darf ich nicht bleiben, dachte sie. Wenn sie mich finden, bin ich eine Zeugin, eine Mitwisserin, die unter keinen Umständen bei der Polizei aussagen darf.

Aber wo sollte Sie sich nur verbergen?

Die Stimmen kamen näher.

Vorsichtig tastete sich Jennifer am Felsen entlang und kroch dann auf allen vieren bis zu der Stelle, wo der Seitenschacht auf den Hauptgang stieß. Überall nur glatter Fels.

Sie tastete sich vorwärts. Unaufhaltsam näherten sich die fremden Schritte. Voller Angst robbte sie an der Felswand entlang. Plötzlich griff ihre Hand ins Leere und ertastete eine Nische, schmal, aber doch so tief, dass das Mädchen sich darin verbergen konnte.

Ein Lichtstrahl fiel in den Gang. Schwere Schritte hallten auf dem Steinboden. Jennifer hielt den Atem an.

Meine weiße Haut wird im Dunkeln leuchten, wenn der Strahl einer Taschenlampe auf mich fällt, dachte sie erschrocken.

Schnell fuhr sie mit den Händen über den Schmutz am Boden und rieb sich damit Gesicht und Oberkörper ein.

In einem Film hatte sie einmal gesehen, dass Soldaten sich auf diese Weise tarnten. Sie kauerte regungslos an der kalten Felswand, als wäre sie mit dem Stein verwachsen.

Eine Gestalt huschte an ihr vorbei. Plötzlich

leuchtete ein Streichholz auf, die glühende Spitze einer Zigarette wurde sichtbar. Ein schwacher Schimmer fiel auf den kahlen Kopf eines Mannes. Seine Gesichtszüge waren für einen Augenblick deutlich zu sehen, sodass Jennifer sie sich einprägen konnte. Dann wurde es wieder dunkel, und der Mann eilte weiter.

Etwas Hartes schlug auf dem Boden auf. Sicher eine der Kisten, fuhr es Jennifer durch den Kopf. Sie verbarg das Gesicht in ihren Händen. Konnten die Männer ihren Atem hören?

Quatsch!, schalt sie sich. Die Kerle achteten gewiss nur auf ihre Schätze.

Offensichtlich trugen die Männer das Diebesgut weg. Und sie kamen dabei nicht wieder an Jennifers Versteck vorbei. Es musste also weitere Felsengänge geben, durch die man nach oben gelangen konnte. Aber diese Erkenntnis half ihr nun nicht mehr, sie saß in der Falle.

Wie lange würden die Männer noch in der Höhle bleiben? Die Minuten verrannen quälend langsam.

Jennifer machte sich Vorwürfe: Warum

nur hatte sie nicht noch einmal versucht, durch den Höhleneingang zu schwimmen? Marko war jetzt bestimmt schon längst in Sicherheit!

Sie konnte sich kaum rühren, so kalt und steif waren ihre Glieder durch die unbequeme Haltung.

Die Männer hatten sich wieder entfernt, doch sie wagte sich noch immer nicht aus ihrer Nische hervor. Vielleicht hielten sie sich noch irgendwo in der Höhle versteckt.

War eine Stunde vergangen? Oder waren es schon zwei?

Wieder hörte Jennifer Geräusche. Jetzt ist alles aus, dachte sie. Sie haben micht entdeckt!

EINE BÖSE ÜBERRASCHUNG

Marko entdeckte Andrea am Pool. Sie hatte gerade ihren Wassergymnastikkurs beendet. Marko begann sofort, ohne Punkt und Komma auf sie einzureden. Sie starrte ihn entgeistert an. Warum er sie nicht angerufen habe, wollte sie wissen. Und wozu hätten sie ein Handy mitbekommen, wenn sie es nicht benutzen würden?

Diesen Vorwurf fand Marko ungerecht, er und Jennifer hatten es vor lauter Aufregung vergessen. Aber Andrea ließ sich nicht besänftigen. „Wie konntest du Jennifer nur allein in der Höhle zurücklassen?", schimpfte sie.

Marko setzte eine schuldbewusste Miene auf. „Was hätte ich denn tun sollen? Ich musste doch fort, um Hilfe zu holen!"

„Na gut", seufzte Andrea. „Ich rufe die Polizei."

Sie schien sehr besorgt. „Hoffentlich ist Jennifer nichts passiert", hörte Marko sie im Weggehen sagen.

Sie ist sauer auf mich, dachte er. Echt sauer. Aber auch er hatte Angst um seine Schwester. Große Angst.

Das Polizeiauto jagte in rasender Fahrt zu den Klippen. Marko saß neben dem Fahrer, damit er ihm die Stelle zeigen konnte, wo sie halten sollten. Ein anderer Polizist saß auf der Rückbank, neben Andrea.

Aber wo war die Stelle genau? Würde er sie wieder finden?

Es regnete stark. Die Scheibenwischer konnten kaum genügend Sicht schaffen. Marko spähte angestrengt durch den Wasserschleier.

War es nicht hier gewesen?

Er legte dem Fahrer die Hand auf den Arm. Der Fahrer nickte, blinkte und hielt auf einem kleinen sandigen Platz, hinter dem die Felsen begannen.

Zu viert kletterten sie über die nassen Felsen. Der Regen lief Marko übers Gesicht, in die Augen und in den Mund. Dann endlich hatte er die Höhle wieder entdeckt. Alle vier stiegen nach unten. Die Polizisten legten in

Windeseile ihre Uniformen ab und schlüpften in Taucheranzüge. Sie baten Marko und Andrea, draußen zu warten, denn die Strömung sei zu stark, meinten sie. Der eine Polizist klemmte sich eine Taschenlampe an die Tarierweste, dann tauchten die beiden Männer in die Höhle.

Minuten vergingen. Endlose Minuten.

Dann tauchten die Köpfe der Polizisten wieder aus dem Wasser auf; sie schoben ihre Taucherbrillen nach oben. Beide blickten finster drein.

Wo ist Jennifer?, dachte Marko erschrocken. Er verspürte ein schmerzhaftes Ziehen in der Magengegend.

Die Polizisten kletterten an Land und begannen laut mit Andrea zu diskutieren.

„Es gibt da drinnen kein Diebesgut", sagte sie ernst zu Marko. „Und auch von Jennifer fehlt jede Spur!"

Ungläubig schüttelte Marko den Kopf.

„Sie denken, du hast dir wieder etwas ausgedacht", fügte seine Tante streng hinzu. „Deshalb möchte ich jetzt von dir wissen, wo Jennifer ist!" Dabei funkelte sie ihn zornig an. „Was habt ihr gemacht?"

Marko schlug das Herz bis zum Hals. Seine Kehle fühlte sich trocken an. Er brachte kein Wort heraus.

Was war mit Jennifer geschehen?

Obwohl sie angestrengt suchten, konnten sie Jennifers Fahrrad nicht finden. Es war weg!

DER WEG AUS DER HÖHLE

Es muss einen Gang geben, der nach oben führt, dachte Jennifer. Auch die Kinder haben ihn sicher gekannt – ebenso wie die Männer von vorhin! Es muss also ein anderer Eingang existieren!

Immer tiefer tastete sich das Mädchen in das dunkle Labyrinth hinein, fand immer neue Abzweigungen. Immer wieder drangen vereinzelt Lichtstrahlen durch Felsspalten. Dieses Licht machte Jennifer Mut. Der Ausgang konnte nicht mehr weit sein, das spürte sie.

Schließlich fand sie eine schmale Felsspalte, die schräg nach oben führte. Hin zum Licht!

Aber wie, fragte sie sich, kann ich hinaufklettern in diesem schmalen Schacht? Was für ein Wahnsinn!

Noch niemals im Leben bin ich so halsbrecherisch geklettert, dachte Jennifer. Und dazu noch barfuß!

Aber es blieb ihr nichts anderes übrig, als den Aufstieg zu wagen. Meter um Meter kletterte sie hinauf.

Halte durch, Jennifer!, hämmerte sie sich ein. Du schaffst es! Immer wieder stemmte sie sich mit den Füßen gegen den Fels und schob sich weiter nach oben. Das fiel ihr nicht gerade leicht, denn ihre Knie und Hände waren bös zerschrammt. Sie wagte kaum, einen Blick zurückzuwerfen, weil sie fürchtete, schwindelig zu werden und in die Tiefe zu stürzen.

Es wurde heller, je höher sie den Schacht hinaufkletterte.

Licht! Luft!

Ein Gefühl der Erleichterung überkam sie. Einmal rutschte sie unten ab, krallte sich aber geistesgegenwärtig mit den Händen in eine Ritze, und ihre Füße fanden in letzter Sekunde wieder Halt.

Das Regenwasser rann herab. Der Fels wurde immer glatter.

Sie hatte Angst, den Halt zu verlieren, und hielt inne. Keuchend stützte sie sich an der engen Wand des Schachtes ab. Sollte sie zurückklettern? Aber auch das schien gefährlich und kraftraubend.

Also weiter! Höher.

Jennifers Hände griffen nach oben, fanden Halt, zogen den Körper nach. Ihr Herz klopfte zum Zerspringen.

Sie wusste nicht, wie lange sie so geklettert war, als sie erneut innehalten musste.

Erschöpft presste sie die Stirn gegen den Fels. Wasser rann an dem kühlen Stein herab. Regenwasser. Mit der Zunge nahm sie ein paar Tropfen auf. Jetzt konnte es nicht mehr weit sein! Schon wurde es hell. Mit letzter Kraft schob sich Jennifer aus der Felsspalte. Sie hatte es geschafft! Mit zitternden Knien stand sie auf den Klippen. Tief unten lag das Meer. Es regnete heftig, doch Jennifer spürte die Nässe kaum. Prüfend sah sie an sich herab. Sollte sie so, wie sie war, auf ihr Fahrrad steigen? Im Badeanzug und von oben bis unten mit Dreck verschmiert? Jennifer sah sich um.

Doch wo waren ihre Sachen? Wo waren die Räder? Wie groß war die Entfernung, die sie im Labyrinth zurückgelegt hatte?

Verzweifelt suchte sie nach der Nische, in der sie mit Marko die Fahrräder versteckt hatte.

Lange stolperte sie über die Klippen, bis sie

ihr Rad endlich fand. Sie schrie laut auf vor Freude und Erleichterung. Ihre Kleidung, die sie zuvor achtlos über den Lenker geworfen hatte, war patschnass. Rasch zog Jennifer die wasserdurchtränkten Sachen über und trug ihr Rad zur Straße: Sie musste so schnell wie möglich in den Club zurück.

Andrea und Marko waren bereits von ihrem Ausflug mit der Polizei zurückgekehrt, als Jennifer tropfnass und völlig erschöpft im Club auftauchte. Andrea hatte gerade eine Vermisstenmeldung an die Polizei geben wollen. Jetzt war sie so erleichtert, dass sie Jennifer um den Hals fiel, anstatt ihr Vorwürfe zu machen.

DAS EINSAME GEHÖFT

Am nächsten Morgen beim Frühstück war der Ärger schon fast vergessen. Marko verspeiste schmatzend sein drittes Stück Kuchen. „Was wollen wir heute machen?“, fragte er seine Schwester. „Willst du reiten oder tauchen?“

„Wir müssen den Mann finden, den ich in der Höhle gesehen habe“, sagte Jennifer. „Wir fahren einfach mit den Rädern die Dörfer an den Klippen ab. Vom Tauchen habe ich sowieso vorerst genug. Außerdem hab ich einige Kratzer abbekommen, da mag ich nicht ins Wasser.“

„Meinst du nicht, dass wir mit unseren Nachforschungen aufhören sollten?“, fragte Marko mit vollem Mund. „Das Abenteuer gestern war gefährlich genug.“

Jennifer verschränkte die Arme vor der Brust und lehnte sich zurück. „Nein, dazu wissen wir schon zu viel. Ich habe den Mann gesehen. Ich würde ihn sofort wieder erkennen."

Marko warnte vor Andreas Zorn. Noch so ein Abenteuer, und sie würden wohl nie wieder zu ihr in den Club dürfen. Vielleicht würde man sie sogar eher nach Hause schicken, wenn sie noch mal ausbüchsten!

„Ach was, wir nehmen diesmal unser Handy mit", schlug Jennifer vor. „Da können wir Andrea immer erreichen!"

Marko starrte sie ungläubig an. „Du willst wirklich alle Dörfer absuchen?" Er schüttelte seinen Kopf. „Da findest du eher eine Nadel im Heuhaufen als deinen Verdächtigen!"

„Sei nicht so ein Spielverderber", gab Jennifer unbeeindruckt zurück und breitete eine Karte der Insel auf dem Tisch aus. Mit einem dicken roten Stift zeichnete sie darauf die Route ein, die sie abfahren wollte. Dabei begann sie genau dort, wo sie in die Höhle hinabgestiegen waren. Nachdem Jennifer Marko doch noch von ihrem Plan überzeugt hatte, düsten die beiden auf ihren Mountainbikes los. Andrea legten sie nur einen Zettel hin mit der Nachricht, dass sie eine Radtour machen wollten. Sie wussten nur zu gut, dass Andrea ihnen weitere Ermittlungen auf eigene Faust verboten hätte.

Sie begannen, die Dörfer und Gehöfte entlang der Küste abzufahren. Die Sonne schien heiß, der Himmel war ohne jede Wolke, strahlend blau – man konnte kaum glauben, dass gestern ein so heftiges Gewitter die See aufgewühlt hatte.

Sie kamen wieder zu einem Ort mit weiß gekalkten Häusern, zwischen denen Granatapfelbäume wuchsen. Eine winzige Kapelle stand am Eingang des Dorfes, eingerahmt von schlanken, hoch gewachsenen Zypressen.

Silbrig grün schimmerten die Blätter der Olivenbäume in der Ferne. Der Wind trug Eukalyptusduft zu ihnen hin. Frauen in schwarzen Kleidern und mit Tüchern auf dem Kopf saßen vor den Häusern und häkelten.

Aber Jennifer konzentrierte sich ganz auf die Gesichter der Männer. Besonders in den Tavernen forschten die Geschwister nach.

„Den finden wir nie", maulte Marko.

„Doch! Wart nur ab!", gab Jennifer siegessicher zurück. „Den Typen würde ich sogar erkennen, wenn er eine Mütze trägt."

Schließlich kamen sie zu einem weißen Strand, an dem einzelne Häuser standen. In einiger Entfernung endete er bei einem Sandsteinkliff. Nahe am Meer wuchsen Tamarisken, schlanke Bäumchen mit nadelartigen, aber sehr weichen Blättern.

Alte Männer saßen in einer Taverne in weiten schwarzen Pumphosen und Schaftstiefeln oder Wickelgamaschen. Einige von ihnen hatten ein schwarzes Fransentuch um den Kopf gewunden. Vor langer Zeit sollte das die Kleidung afrikanischer Piraten gewesen sein. Zwischen den Alten saßen Männer mit karierten Hemden.

„Er ist nicht dabei", meinte Jennifer enttäuscht.

Marko schwieg. Er war von ihrer Mission nicht mehr überzeugt. Mit missmutigem Gesicht schob er sein Rad durch den Ort.

Er wirkt gar nicht mehr so cool wie sonst, dachte Jennifer. Aber sie würde nicht aufgeben. Nie! Schließlich hatte sie in der Höhle auch dann nicht schlappgemacht, als ihre Situation fast ausweglos geschienen hatte.

„Diese Hitze", stöhnte Marko.

„Jammer nicht rum, wir müssen weiter!", drängte die Schwester.

„Okay, Miss Marple", brummte Marko.

Nach einem Kilometer erreichten sie ein kleines Kirchlein am Weg. Die Tür stand offen. Die Geschwister hielten an, um einen Blick hineinzuwerfen. Im Dämmerlicht des Innenraumes konnten sie Heiligenbilder und vergoldete Ikonen erkennen. Ein Bild erregte ihre Aufmerksamkeit besonders, und sie vergaßen für einen Augenblick ihre „Mission".

„Das jüngste Gericht", flüsterte Jennifer.

Die Hölle war als Drachen dargestellt, der die Verurteilten mit seinem Feuerstrahl versengte und anschließend verschlang. Andere Seelen wiederum steckten mit dem Unterleib in einem Sumpf und hoben die Hände bittend empor.

„Da stehn unsere Diebe", spöttelte Marko und wies auf die Bittenden. „Vielleicht ist der Kahlköpfige schon dabei?"

Sie trabten zu ihren Rädern zurück.

Nun fuhren sie an Urlaubern mit Kameras vorbei, die gerade aus einem Bus stiegen, um die kleine Kirche zu besichtigen. Drei Windmühlenruinen standen auf einem Hügel an der Straße, von der aus sie zur rechten Seite das Meer und zur linken Olivenbaumterrassen sahen.

Inzwischen war es glühend heiß geworden. Eine Hand voll Häuser stand auf einer Landzunge. Weiße und pastellfarbene Gebäude drängten sich terrassenförmig um eine sanft geschwungene Hafenbucht. Hoch über dem Dorf thronte ein altes Kastell.

Und weiter fuhren sie, vorbei an einem Meer von Oliven- und Mandelbäumen. Jennifer hatte Marko überholt.

„Los!“, spornte sie ihn an. „Willst du etwa schlappmachen!“

„Sklaventreiberin!“, schimpfte Marko.

Da erblickten sie ein abseits gelegenes Gehöft, das nicht direkt an der Straße lag.

Es schien Marko, als zucke Jennifer zusammen.

„Was ist denn?“, wollte er wissen.

„Weiter!“, zischte sie.

Aus den Augenwinkeln sah Marko einen Mann, der ein kariertes Hemd, eine Schirmmütze und braune Hosen trug. Er stieg in diesem Augenblick in einen alten Lastkraftwagen mit Plane, an dessen Lenkrad ein anderer Mann saß.

„Der war es!", rief Jennifer aufgeregt. „Er trägt jetzt eine Mütze."

Marko vergaß, in die Pedale zu treten. „Was?", entfuhr es ihm, und er bremste scharf. „Du kannst doch in der Höhle kaum was erkannt haben. Bist du wirklich sicher?"

Jennifer bremste nun ebenfalls. Sie schüttelte energisch den Kopf. „Er ist es, Marko. Wirklich! Jetzt wissen wir sogar, wo er wohnt!"

Noch einmal blickte Marko prüfend zurück. Der Mann im Auto hatte nun die Straße erreicht und bog in die Richtung ein, aus der die Geschwister gekommen waren.

„Du meinst, der Typ wohnt auf diesem Bauernhof?", fragte Marko.

Jennifer nickte. „Könnte doch sein. Wollen wir uns dort mal umsehen?"

„Okay", antwortete Marko. „Die Luft scheint ja rein zu sein."

Sie fuhren zurück und bogen in den kleinen Feldweg ein, der zu dem Gehöft führte. Es war ein weiß gekalkter Flachbau, der von einer hohen Mauer umschlossen wurde.

Vorsichtig näherten sie sich dem Hof. Marko drückte vorsichtig gegen das Tor und öffnete es einen Spalt. Da schoss ihm ein wilder schwarzer Hund entgegen, der an eine lange Kette gelegt war.

Erschrocken sprang Marko zurück.

Der Hund knurrte die beiden Eindringlinge zähnefletschend an. Seine Kette reichte bis zum Tor. Wäre sie nur ein paar Zentimeter länger gewesen, hätte er die Geschwister anfallen können.

„Ein Teufelsvieh", schimpfte Marko. „Wenn wir auf den Hof gegangen wären, hätte er uns glatt zerfleischt."

Jennifer hockte sich hin und begann auf den Hund einzureden. „Guter Hund", flüsterte sie. „Guter Hund."

„Der versteht kein Deutsch", witzelte Marko. „Der bellt nur griechisch!"

Der Hund knurrte sie weiter feindselig an. Seine Augen funkelten. Er bleckte die Zähne.

Es sah fast so aus, als ob der Kahlköpfige allein hier wohnte, denn niemand ließ sich blicken. Marko spähte vorsichtig auf dem Hof umher. In der linken hinteren Ecke stand ein großer Schuppen. „Dort könnten sie die Beute lagern“, meinte er nachdenklich. „An dem Höllenhund kommt doch keiner vorbei.“

Jennifer nickte und flüsterte dem Hund weiter beruhigende Worte zu, der nun leise knurrte und sie aufmerksam betrachtete.

„Der Hund von Baskerville“, witzelte Marko.

„Wenn der dich versteht, haben wir bei ihm endgültig abgegessen“, warnte Jennifer grinsend.

„Wir müssten ihn bestechen, damit er uns zum Schuppen lässt“, schlug Marko vor.

„Und womit, du Schlaumeier?“, fragte Jennifer. „Wir haben doch gar nichts zum Essen dabei!“

„Wir fahren am besten zurück“, schlug Marko vor. „Morgen kommen wir wieder und bringen jede Menge Wurst vom Büfett mit.“

Am nächsten Tag erreichten Marko und Jennifer gegen Mittag das Gehöft. Der Lastwagen war nicht zu sehen.

Als Marko durch den Torspalt spähte, entdeckte er, dass der Kettenhund schlief. Rasch zum

Schuppen, dachte er, das ist eine Superchance. „Ich schleiche hinüber", flüsterte er und trat auf den Hof.

Jennifer schüttelte den Kopf. „Hunde haben feine Ohren, er wacht bestimmt sofort auf."

Ach was, dachte Marko, wenn Jennifer Angst hat, mache ich es allein. Er schlich auf den Schuppen zu, doch plötzlich hob der Hund den Kopf und schoss hoch wie ein Blitz. In seinem aufgerissenen Rachen blitzten messerscharfe Zähne.

Ein Höllenhund!, schoss es Marko durch den Kopf. Im gleichen Augenblick hörte er Jennifer gellend schreien. Gleich springt er mich an, dachte Marko. Nur im Schuppen bin ich in Sicherheit.

So schnell er konnte, raste Marko über den Hof. Hinter sich hörte er das Hecheln des Untiers. Schon glaubte er dessen heißen Atem im Nacken zu spüren.

Mit letzter Kraft warf sich Marko gegen die Schuppentür, doch sie war verschlossen!

Er fuhr herum. Der Hund setzte zum Sprung an. Instinktiv riss Marko den abgewinkelten Arm hoch, um sein Gesicht und seine Kehle zu schützen, da prallte er gegen die Tür ...

Plötzlich erwachte er schweißgebadet.

„Frühstück!", flötete ihm Jennifer ins Ohr.

Verwirrt blinzelte er sie aus verschlafenen Augen an. „Ich könnte dich knutschen, Schwesterchen", sagte er erleichtert.

Jennifer war verblüfft: „Du musst krank sein: Sonst bist du nie so freundlich!"

Doch Marko grinste. Seinen Albtraum behielt er für sich. Schließlich wollte er vor seiner Schwester nicht als Feigling dastehen.

„Zum Mittagessen nehmen wir unsere Bauchtaschen mit", schlug Jennifer vor, als er aus dem Bad kam. „Da können wir unauffällig etwas Fleisch mitgehen lassen."

Eine Superidee, dachte Marko. Auf diese Weise bleibt der Vormittag frei. Er wollte unbedingt zum Tennistraining. Vielleicht gab ihm Andrea ja eine „Privatstunde"! Schließlich musste man sich ja mal bei ihr sehen lassen. Er und Jennifer hatten beschlossen, der Tante vorerst noch nichts von ihrem Verdacht zu erzählen. Schließlich hatten sie sich nun schon einmal bei der Polizei blamiert.

Nach dem Mittagessen bestiegen Jennifer und Marko mit prall gefüllten Bauchtäschchen ihre Räder. Für den schwarzen Höllenhund hatten sie beim Mittagessen reichlich Leckerbissen eingepackt.

Natürlich durfte nichts überstürzt werden. Der Hund musste sich erst mal an sie gewöhnen.

Sie legten sich auf den Klippen, die dem Grundstück gegenüberlagen, auf die Lauer, um zu warten, bis der Hund auf dem Anwesen alleine war. Nach zwei Stunden endlich verließ der klapprige Laster das Grundstück.

„Jetzt!", kommandierte Jennifer. Die beiden schlichen hinüber zu dem Anwesen. Und wieder ließ sich das Tor öffnen. Und wieder wurden sie von dem Kettenhund äußerst unfreundlich empfangen.

Marko wich vor dem bellenden Tier zurück, griff dann in seine Tasche, und packte ein Stück Fleisch aus. Der Hund stutzte, schnüffelte und ließ nur noch ein Knurren hören.

Marko warf ihm zuerst das Fleisch hin, dann die Wurstscheiben. Der Hund schlang alles gierig hinunter, dann blickte er Marko erwartungsvoll an, ohne jedoch zu bellen.

Nun war Jennifer mit Füttern an der Reihe.

Nach dem reichlichen Mahl schien er tatsächlich schon etwas friedlicher. Doch wer konnte wissen, was er tun würde, wenn sie in sein Reich eindrangen?

„Er wedelt noch nicht mit dem Schwanz", flüsterte Jennifer.

„Was erwartest du?", spöttelte Marko. „Dass so ein Fiesling Pfötchen gibt?"

„Er ist kein Fiesling", sagte Jennifer. „Wenn du den ganzen Tag an einer Kette liegen würdest, wärst du auch böse." Sie kauerte sich hin und redete aus sicherer Entfernung beruhigend auf das Tier ein.

„Hunde reagieren auf so was nicht", erwiderte Marko ungeduldig.

„Aber auf Freundlichkeit, Bruderherz", belehrte ihn Jennifer. „Vielleicht ist er noch nie gestreichelt worden."

„Würde ich an deiner Stelle nicht ausprobieren. Könnte verdammt übel für dich ausgehen, Schwesterchen", neckte Marko sie. „Er hat scharfe Zähne."

„Aber sieh doch, wie dünn der ist", stellte Jennifer fest. „Bei dem sieht man jede Rippe." Mit kleinen Schritten näherten sie sich dem Tier.

Der Hund begann wieder leise zu knurren.

Marko zog Jennifer rasch zurück. „Heute Abend ist im Club Karaoke angesagt und keine Dompteurvorführung", frotzelte er.

„Wir kommen morgen wieder", entschied Jennifer.

Sie schlenderten zu ihren Fahrrädern zurück.

„Ich werde heute Abend einen Rap-Song vortragen", meinte Jennifer. „Und du?"

Marko lachte. „Ich singe eine Opernarie. Das wollte ich immer schon."

Am folgenden Tag bezogen sie erst am Nachmittag ihren Beobachtungsposten auf den Klippen. Lange Zeit regte sich nichts, sie hörten nur ein paar Mal den Hund bellen. Dann endlich verließ der klapprige Laster mit der Plane das Grundstück.

„Die Luft ist rein", frohlockte Jennifer. Nach wenigen Minuten erreichten sie das Tor. Vorsichtig öffnete Jennifer. Der Hund knurrte, schien aber nicht mehr so wild; er hatte sich wohl schon ein wenig an die Besucher gewöhnt.

Jennifer griff in die Bauchtasche. Der Hund musste kurz vor ihr stehen bleiben, weil die Kette ihn zurückhielt.

Er bellte nicht mehr. Er knurrte nicht mehr. Er wedelte sogar mit dem Schwanz.

Jennifer warf ihm ein Stück Wurst zu. Und dann, mutiger geworden, reichte sie ihm einen kleinen Brocken Fleisch mit der Hand.

Der Hund blickte Jennifer beim Fressen immer wieder wachsam an.

„Gib mir deine Tasche“, bat sie Marko. Sie fuhr fort, das Tier zu füttern, und schließlich strich sie dem Hund ganz vorsichtig über den Kopf.

Marko blickte seine Schwester staunend an. Momentan hatte sie eindeutig die besseren Nerven.

Der Hund legte sich auf den Boden, rollte sich sogar auf den Rücken und ließ sich streicheln.

„Guter Hund, guter Hund“, sagte Jennifer.

„Geh jetzt langsam zum Schuppen“, bat sie den Bruder.

„Ich?“, fragte Marko und rührte sich nicht von der Stelle. Immer wieder musste er an seinen Albtraum denken. Den wollte er nicht in Wirklichkeit erleben.

„Ist noch ein Marko da?“, fragte Jennifer spitz.

Als Feigling wollte ihr Bruder nun doch nicht dastehen, deshalb setzte er sich in Bewegung.

Der Hund hob sofort den Kopf und blickte Marko nach, aber Jennifer drückte ihn sacht nach unten und kraulte weiter sein staubiges Fell.

Marko erreichte unversehrt das Tor. Es war verschlossen. Aber er entdeckte ein kleines Fenster, das offen stand. Es war gerade so groß, dass er hineinklettern konnte. Nach einigen Schwierigkeiten hatte er es geschafft, stand im Schuppen und sah sich um. Sein Gehirn speicherte die Eindrücke wie ein Computer: Gerümpel, altes verrostetes Erntegerät, ein ungeordneter Haufen von grauen Decken, Ersatzräder für den Laster. In einer Ecke lag eine Plane über einem Stapel Obstkisten. Er hob die Plane vorsichtig an. Hinter den Obstkisten befanden sich andere Kisten. Sie hatten Deckel und waren zugenagelt.

Marko suchte nach einem Eisen und hebelte

einen der Deckel auf. Er konnte kaum glauben, was er sah. Das Diebesgut! Aufgeregt winkte er Jennifer.

Sie erhob sich und kam langsam zum Schuppen. Der Hund folgte ihr schwanzwedelnd.

„Es ist alles hier drin", verkündete Marko. „Aber bleib draußen, hier kommt man schlecht durch."

Aber Jennifer wollte alles mit eigenen Augen sehen und schlängelte sich geschickt durch die schmale Fensteröffnung.

„Nun fahren wir zurück und holen die Polizei", drängte Marko und trat an das Fensterchen. Was er sah, ließ ihn erbleichen: Der Laster kam zurück. Und er hielt direkt vor dem Schuppen!

Sie hörten den Hund bellen und dann winseln. Sicher hatte er einen Fußtritt bekommen.

Rasch drückte Marko den Deckel der geöffneten Kiste wieder fest zu. Dann verbargen sich die beiden Detektive unter dem Stapel alter Decken in der Ecke.

Das Tor des Schuppens wurde aufgeschlossen. Schritte waren zu hören. Stimmengewirr. Die Plane wurde zurückgeschlagen. Dann wurden Kisten angehoben, nach draußen gebracht und auf den Laster verladen. Ein lautes Lachen war zu hören, dem eine tiefe Männerstimme antwortete.

Dann herrschte Stille im Schuppen.

Die Männer gehen zum Haus, überlegte Marko.

EINE FAHRT INS UNGEWISSE

„Wir müssen den Kisten folgen", flüsterte Marko.

Jennifer hustete leise. „Da rauf?", fragte sie ungläubig und wies zu dem Laster. „Aber wenn sie uns entdecken ..." Sie kaute auf ihrer Unterlippe; sie spürte ein seltsames Kribbeln im Bauch, das immer dann begann, wenn sie Angst hatte. Und sie hatte Angst, große Angst. War das Auto erst einmal losgefahren, konnten sie nicht mehr abspringen. Was geschah, wenn der Wagen hielt und die fremden Männer sie entdecken würden? Kein Mensch im Club wusste, wo sie waren.

„Wollen wir nicht Andrea anrufen?"

Marko stupste sie an. „Du hast doch nicht etwa die Hosen voll?"

„Quatsch", fauchte sie zurück. „Ich doch nicht."

„Andrea benachrichtigen wir später. Erst

müssen wir wissen, wohin sie die Kisten bringen!", flüsterte Marko.

Jennifer sah ein wenig blass aus.

„Also los!", raunte Marko mit gedämpfter Stimme. „Wir springen hinten auf die Ladefläche und gehen sofort in Deckung, denn es kann gut sein, dass sie die Fracht noch mal überprüfen."

Er schlich zum Tor des Schuppens, blickte sich vorsichtig um und sauste dann zur Hinterseite des Autos. Rasch zog er sich hoch, hob die Plane und verschwand.

„Jetzt!", dachte Jennifer. Sie hastete zum Lastwagen.

In dem Augenblick, als sich ihr Markos Hände entgegenstreckten, hörte sie die Stimmen der Männer.

„Los!", keuchte Marko, riss die Plane hoch und zog sie in den Laderaum hinein. Er deutete auf die Stapel in der rechten Ecke. Jennifer nickte und kauerte sich dicht neben ihrem Bruder hinter die schützenden Kisten.

Die Männer kamen näher. Das Geräusch ihrer Schritte auf dem Sand des Hofes war nun bedrohlich nahe zu hören. Jennifer wagte kaum zu atmen. Jetzt ist alles aus!, dachte sie, als sie hörte, wie sich die Plane hob. Ein Mann kletterte in den Innenraum. Jennifer schloss die Augen.

Rumorende Geräusche waren zu hören, offenbar wurde das Auto weiter beladen.

Nur zwei Meter trennen uns von dem Mann, dachte Jennifer. Wenn er weiter nach hinten kommt, entdeckt er uns!

Plötzlich war es still, beängstigend still.

Was machte der Mann im Laderaum? Warum sprachen die Männer nicht? Ängstlich sah sie Marko an. Wenn nun noch mehr Kisten in den Laster mussten, und die, hinter denen sie hockten, verschoben würden? Dann würden sie ihr Versteck verlassen müssen. Und wo sollten sie sich dann verbergen?

Marko legte seinen Finger auf den Mund. Bleib ruhig!, wollte er damit sagen. Aber Markos Augen waren schmale Schlitze. Auch er hat Angst, dachte Jennifer.

Eine tiefe, bedrohlich wirkende Stimme begann zu sprechen. Jennifer blinzelte heftig. Sie durfte jetzt bloß nicht durchdrehen.

Klettergeräusche waren zu hören. Einer der Männer fluchte laut, ein anderer lachte schallend.

„Er ist wieder raus", flüsterte ihr Marko in das Ohr. „Wahrscheinlich gehen sie wieder zum Haus. Am besten, wir warten."

Erst jetzt fiel ihnen auf, wie heiß und stickig es im Laderaum war. Fliegen umschwirrten aufdringlich ihre Köpfe.

Eine Tür fiel ins Schloss. Schritte waren zu hören. Schwere Männerschritte. Dann folgte ein leises Winseln.

Eine Wagentür wurde aufgerissen, jemand stieg in das Fahrerhaus. Da ein Gespräch folgte, mussten vorn im Auto jetzt beide Männer sitzen.

Der Wagen fuhr aus dem Hof und bog wenig später auf die Küstenstraße ein.

„Na, toll!", entfuhr es Jennifer. „Wer weiß, wo wir jetzt landen!" Vorsichtig kroch sie nach vorn, hob die Plane ein wenig an und spähte hinaus.

„Bleib in Deckung!", zischte Marko erbost.

„Du wirst wieder hektisch", erwiderte Jennifer. „Ich wollte ja bloß nachsehen, wo es langgeht." Sie kroch ins Versteck zurück.

Schweigend hielten sich die Geschwister an den Seitenblenden des rumpelnden Lasters fest. Der Schweiß stand ihnen auf der Stirn, die Hitze im Innern des Wagens wurde schier unerträglich. Jennifer sah den feuchten Fleck auf Markos T-Shirt, der immer größer wurde. So fuhren sie eine Weile.

Plötzlich verlangsamte der Wagen seine Fahrt.

„Wir biegen ab", stellte Marko fest.

Der Wagen ruckte und brauste plötzlich mit hoher Geschwindigkeit davon. Marko verlor den Halt und fiel gegen eine Kiste.

„Mist!", fluchte er leise. „Die alte Karre ist nicht einmal gefedert."

Jennifer lächelte gequält.

Und sie fuhren immer weiter. Marko kroch nach vorn und spähte nach draußen. Er winkte Jennifer nach vorn. Der Fahrtwind tat ihnen gut.

Nun spähten sie beide hinaus. In der Ferne stand ein verfallenes Steinhäuschen auf einer Margeritenwiese. Sie kamen an einer Taverne mit blauen Tischen und roten Stühlen vorbei. An den Tischen saßen Männer, die in der Hitze vor sich hindämmerten.

Das Auto sauste weiter und überholte einen bauchigen Tankwagen mit einer Wasserladung für die Felder.

„Mann, jetzt bräuchten wir was zu trinken“, seufzte Jennifer. Und wie zum Hohn sahen sie die Überreste einer römischen Wasserleitung am Straßenrand.

An einem Hang wuchsen Olivenbäume. Durch die kugelartigen Kronen fuhr der Wind. Er bewegte die ledrigen Blättchen hin und her, sodass das Laub wie von silbrigen Wellen durchzogen schien.

„Noch bevor das Auto hält, müssen wir abspringen“, riet Marko. „Sonst kommen wir nicht ungesehen weg, bevor sie ausladen.“

„In Ordnung“, erwiderte Jennifer.

„Das ist die heißeste Spur, die es gibt“, flüsterte Marko. „Wir sind sicher direkt auf dem Weg ins Hauptquartier der Bande.“

Sie fuhren durch ein lang gestrecktes Bauerndorf, das zwischen Weinplantagen und Olivenhainen lag. Weiß gekalkte Gässchen zogen sich den Hang hinauf. Frauen saßen vor den Türen und häkelten, Männer standen im Schatten einer dicken Platane auf dem Dorfplatz.

Plötzlich bremste der Wagen scharf, und Jennifers Stirn schlug gegen das Holz, dann fuhr er wieder an.

„Das gibt 'ne schöne Beule", stellte Marko fest.

Zwei Frauen, die auf Eseln ritten, blickten dem Laster nach. Beide trugen schwarze Kopftücher und dunkle Kleidung.

Der grüne Blätterteppich eines Rebhügels war zu sehen, daneben drei Pinien, die wie einsame Wächter in der Landschaft standen. Immer näher kamen sie den Bergen. Ein Kloster mit wehrhaften Mauern klebte an einer Felswand, mit Fenstern wie Schießscharten und einem Runderker.

MINUTEN HÖCHSTER GEFAHR

In der Ferne sah Marko ein Bergdorf. Ineinander geschachtelt schienen die Häuschen den Berg hinaufzuwachsen, weiße Häuser, gelbe und rosafarbene. Der Turm einer Kirche reckte sich über den Wald der Dächer empor.

Mit einem Mal verlangsamte sich die Fahrt des Wagens.

„In Deckung!“, zischte Marko.

Und schon hielt der Wagen. Sie krochen in aller Eile hinter die Kisten. Eng aneinander gekauert warteten sie ab, bis die Männer ausgestiegen waren.

„Die müssen bestimmt bloß pinkeln“, flüsterte Marko. Aber so sicher war er sich nicht.

Der eine Mann fluchte, offensichtlich verärgert, und spuckte laut aus. Der andere Mann sprach schnell und erregt auf ihn ein.

Jennifer und Marko kam der gleiche Gedanke: Hatten die Männer etwas gehört? Schöpften sie Verdacht? Reglos kauerten die beiden hinter den Kisten und warteten, was geschehen würde. Jennifer wurde es eiskalt. Sie wagte kaum zu atmen. Wenn die Männer sich vor dem Wagen aufbauten, konnten sie ihnen den Fluchtweg versperren. Und in dieser einsamen Gegend hörte man sicher nicht einmal einen Schrei.

Eine Hand schob sich unter der Plane hindurch auf die Ladeklappe, blieb dort liegen. Finger trommelten auf das Holz.

Wollten die Männer ihre Angst steigern, bevor sie kamen?

Die Männer unterhielten sich.

Wenn man doch nur wüsste, über was sie sprechen!, dachte Jennifer. Wir sitzen in der Falle.

Ich brauche eine Waffe, dachte Marko. Seine Finger suchten den Boden des Lasters ab. Er fand ein Stück Eisen, das er fest umklammerte. Einfach wollte er es den Kerlen nicht machen. Wenn sie ihn packten, würde er zuschlagen.

Er sah zu Jennifer hinüber. Sie war ganz bleich. Marko hatte ein schlechtes Gewissen, weil er sie zu diesem waghalsigen Abenteuer verleitet hatte.

Nun waren die schweren Schritte der beiden Männer zu hören, die Stimmen entfernten sich. Die Autotüren knallten. Das Auto nahm die Fahrt wieder auf.

Die Geschwister atmeten auf.

Jennifer starrte düster vor sich hin. Marko hingegen versuchte, ein fröhliches Gesicht zu machen.

„Keine Panik auf der Titanic", sagte er leise, aber doch so, dass Jennifer seine Worte verstand. Und mit einer aufmunternden Geste strich er über ihren Arm.

„Die Titanic ist aber untergegangen", stellte Jennifer trocken fest.

„Stimmt, das war ein blöder Witz", gab Marko zu und blickte wieder nach draußen. Er sah Olivenbaum-Terrassen und Felder mit Mandelbäumchen. „So lernt man Kreta kennen", scherzte er.

Jennifers Magen knurrte. Wie lange hatten sie schon nichts mehr gegessen? Wer weiß, wann und ob sie überhaupt in den Club zurückkommen würden!

DAS UNHEIMLICHE BERGDORF

Marko hob vorsichtig die Plane. „Ein Dorf", flüsterte er. „Wir springen ab, wenn sie langsam fahren. Das muss rasch gehen. An jeder Seite springt einer von uns ab. Zur gleichen Zeit."

„Und dann?", wollte Jennifer wissen.

„Wir laufen dem Auto einfach nach. Im Dorf werden die Straßen eng sein, und das Auto fährt langsam. Das wird gehen. Aber wir müssen aufpassen, wegen den Rückspiegeln."

„Und was dann?", bohrte Jennifer weiter.

„Das weiß ich doch nicht", zischte Marko wütend. „Das ergibt sich aus der Situation!"

Sie kauerten zum Sprung bereit hinter der Plane. Das Dorf war sehr verwinkelt, mit Pflastersteinen und Treppen.

„Pass auf", kommandierte Marko plötzlich. „Es kommt eine Kurve, da werden wir immer langsamer."

Dann ging alles sehr schnell. Als Jennifer auf dem gepflasterten Boden aufkam, spürte sie einen stechenden Schmerz im Knöchel.

Marko lief, dicht an den Häusern, dem davonfahrenden Auto nach. Jennifer humpelte hinterher, jeder Schritt tat wahnsinnig weh. Sie waren in einem Bergdorf, und die Straße führte steil bergauf. Eine vor einem Haus sitzende, häkelnde Frau, ganz in Schwarz gekleidet, blickte ihnen erstaunt nach. Marko wartete, bis ihn Jennifer eingeholt hatte.

„Wie ein Totenvogel sieht sie aus", keuchte Jennifer und blickte zu der alten Frau.

„Totenvögel häkeln nicht", erwiderte Marko trocken.

Das Auto vor ihnen fuhr immer langsamer, im Schritttempo. Plötzlich bog es, ohne zu blinken, nach rechts in einen Hof ein.

„Super", schnaufte Marko. „Wir haben sie!"

Sie standen an eine Mauer gelehnt. Jennifer rieb sich ihren Knöchel. „Und nun? Wir müssten jetzt die Polizei verständigen."

Marko blickte sie überlegen an. „Ich weiß." Er griff in seine Jackentasche und zog das Handy hervor.

„Der kluge Mensch baut vor", verkündete er

stolz. „Ich rufe Andrea an." Flink tippten seine Finger die Nummer ein. „Hallo, Andrea."

„Wo seid ihr denn nun schon wieder?", schimpfte Andrea, die sich offenbar schon Sorgen gemacht hatte.

Marko spürte ihren Unwillen. „Wir haben die Diebe", sagte er kleinlaut.

„Was habt ihr?", fragte Andrea genervt.

„Na, die Schmuckdiebe. Du weißt doch ... diejenigen, die die ganze Küste unsicher machen."

„Ja, ja. Das habt ihr schon zweimal behauptet. Da gab es genug Ärger. Und eure Namen kennt die griechische Polizei auch schon. Tolle Leistung! Und jetzt mal Spaß beiseite: Wo steckt ihr überhaupt?"

„Andrea, wir haben sie wirklich", beteuerte Marko ernst.

Andrea schien zu überlegen. „Und wo?", fragte sie dann. Sie klang schon etwas versöhnlicher.

„In einem Dorf."

„Sag mal, machst du Witze, Marko? Was heißt das denn: in einem Dorf? Davon gibt es auf der Insel unzählige."

„Die Kerle haben die Beute auf einen Laster

geladen, und wir sind als blinde Passagiere mitgefahren", erwiderte Marko.

„Was seid ihr?" Andrea schien fassungslos.

„Wir sind heimlich mitgefahren. Das Zeug ist jetzt hier im Dorf, wir kennen den Hof."

„Seid ihr denn ganz und gar verrückt geworden, einfach so in einem Land, das ihr nicht kennt, ohne mich rumzufahren! Mensch, Marko, ich habe doch die Verantwortung für euch!" Andrea klang wirklich sauer.

Marko schwieg und verdrehte die Augen. Am anderen Ende der Leitung wurde es still. Marko hörte, wie Andrea tief Luft holte. „Wie heißt dieses Kaff?"

„Weiß nicht!"

„Du weißt es nicht?"

„Wie sieht es aus?"

„Es ist ein Bergdorf. Enge Straßen. Es gibt eine Kirche mit einem ungewöhnlich hohen Turm. Andrea, wenn die Typen rauskriegen, dass wir sie beobachten, machen sie vielleicht kurzen Prozess mit uns."

„Was machen sie? Bist du verrückt?"

Marko schluckte schwer. „Andrea, ich muss dir noch was sagen: Jennifer hat sich den Fuß verletzt."

Diese Worte schienen Andrea überzeugt zu haben. „Ich werde tun, was ich kann", versprach sie.

„Aber die Polizei muss unbedingt auch kommen. Bitte. Es ist wirklich ernst!"

Andrea seufzte. Sie fragte mehrmals nach, wollte eine genaue Beschreibung des Ortes haben, wollte genau wissen, wo sie in das Auto geklettert waren und wie lange die Fahrt gedauert hatte. Eine Stunde, schätzte Marko.

Andrea scheint nicht sehr froh zu sein, dass wir die Diebe gefunden haben, dachte er. Das wird noch Ärger geben.

„Mal sehen, ob dein wirrer Bericht für eine Beschreibung reicht", meinte Andrea. „Die Polizei muss ich sowieso einschalten, um euch zu finden. Aber mach dich auf etwas gefasst, mein toller Mister Cool, denn mit der griechischen Polizei treibt man keine Späße."

„Okay, Andrea", seufzte Marko erleichtert. „Wir beobachten das Gehöft. Die können hier nichts wegschaffen, ohne dass wir es sehen. Wir bleiben hier."

„Ich rufe euch wieder an", erwiderte Andrea. „Und die Polizei wird dann den Standort eures Handys feststellen. Bis dahin bleibt ihr, wo ihr seid. Und macht keine Dummheiten mehr!"

Marko brummte ein „Ja".

Marko behielt das Gehöft im Auge. Jennifer hatte andere Sorgen, denn ihr Knöchel schwoll an. Sie hockte auf dem Boden und massierte die Schwellung. „Es tut wahnsinnig weh, Marko", klagte sie.

Andrea meldete sich wieder und bat Marko, sofort zurückzurufen. Sie ist bei der Polizei, kombinierte er, die gehen jetzt auf Nummer sicher, um den Standort zu finden. Das konnte aber noch eine Weile dauern. Inzwischen konnte viel passieren.

Die Dorfstraße lag wie ausgestorben vor ihnen.

Wenn die beiden Männer sie nun bemerken würden?, überlegte Marko. Wenn sie Verdacht schöpften? Wer würde ihnen helfen in solch einem Bergdorf, wo jeder mit jedem verwandt war? Doch er behielt seine Befürchtung für sich.

Plötzlich stand der Kahlköpfige vor dem Hoftor, blickte misstrauisch zu ihnen hinüber.

„Mist!", entfuhr es Marko leise.

Der Mann ging auf den Hof zurück.

Was geschah nun? Würde er mit seinem Komplizen zurückkommen?

„Wir müssen hier weg", entschied Marko.

Jennifer erhob sich und stöhnte dabei auf.

„Soll ich dich stützen?", schlug Marko vor.

Zu seiner Überraschung nickte Jennifer sofort. Sie musste wirklich starke Schmerzen haben. Und so stützte er sie. Nur weg von diesem verdächtigen Haus! Er ließ Jennifer los, die sich keuchend an eine Mauer lehnte.

Aus dem Fenster gegenüber schaute eine alte Frau, die ein schwarzes Kopftuch trug. Sie blickte finster zu ihnen herüber. Obwohl es heiß war, fröstelte Marko. Wenn man sie hier beiseite schaffte, bevor die Polizisten kamen? Nun ja, vielleicht durfte man einfach nicht so schwarz sehen.

Was blieb ihnen auch anderes übrig, als zu warten? Jennifer war verletzt und konnte deshalb nicht weit laufen. Einen Beweis würde es nicht geben, wenn sie verschwanden. Die Polizei konnte vielleicht das Dorf finden, aber niemals das richtige Haus. Und ein Zeuge würde sich wohl kaum zur Verfügung stellen!

Auf der Straße sah er einen Stein liegen,

handlich, mit scharfer Kante. Er hob den Stein auf und behielt ihn in der Hand. Besser als gar keine Waffe, dachte er.

Jennifer blickte ihn fragend an. Marko sah weg, denn er wusste nicht, was er ihr sagen sollte.

Nichts regte sich auf der Dorfstraße.

Es wurde langsam Zeit, dass die Polizisten kamen!

„Was macht dein Fuß?“, fragte Marko die Schwester besorgt.

Jennifer verzog das Gesicht. „Er tut immer mehr weh.“

Plötzlich war Marko, als stünde hinter den Fensterläden des Hauses gegenüber, dort, wo die alte Frau herausgeschaut hatte, eine Person und beobachtete sie. Er meinte einen Schatten zu sehen. Doch auf einmal war er verschwunden.

Nicht mal einen Hund hörte man hier bellen. Was war das für ein seltsames Dorf? Es lag in absoluter Stille da, so, als ob niemand hier leben würde, kein Mensch, kein Tier. Und doch schien überall Gefahr zu lauern.

Wieder sah er den Kahlköpfigen, der nun eine Schirmmütze trug. Er stand vor dem

Haus, blickte zu ihnen hin, tat so, als erwartete er jemanden.

Prüft er, ob Zeugen da sind?, schoss es Marko durch den Kopf. Ist es jetzt so weit? Erwartet der Kahlköpfige nun Leute, die den gestohlenen Schmuck kaufen wollen?

Er schloss die Hand um den scharfen Stein. Kampflos würde er sich nicht ergeben.

Jennifer war sehr still, so hatte er sie noch nie erlebt.

Der Mann mit der Mütze war wieder ins Haus zurückgegangen.

Sollten sie nur kommen, diese Gangster!

Wieder stand die fremde Gestalt hinter dem Fensterladen des Hauses gegenüber. Reglos. Beobachtend.

Marko hörte ein Auto, das in rasender Fahrt heranbrauste. Die Polizei? Komplizen der Diebe?

Wer kam da? Die Entscheidung fiel jetzt, in wenigen Sekunden.

„Es ist ein Polizeiauto", jubelte Marko.

Das Auto kam rasch, bremste am Straßenrand, und Andrea und zwei Polizisten sprangen heraus.

„Gott sei Dank. Ihr seid unversehrt!", rief Andrea und umarmte Marko und Jennifer.

Ein Polizist tippte Andrea auf die Schulter. „Wo ist das Haus, Marko?", fragte sie ernst.

Marko wies auf das Gehöft. „Sie sind beide noch drin. Zwei Männer."

Andrea sprach mit den Polizisten. Die eilten zu dem Haus, im Laufen zogen sie ihre Pistolen und verschwanden in dem Gehöft. Dann hörte und sah man nichts mehr von ihnen.

Doch es kam ein zweites Polizeiauto mit drei weiteren Uniformierten. Einer der beiden Polizisten, die zuerst gekommen waren, trat aus dem Haus. Er strahlte Marko an und formte die Finger zum Siegeszeichen.

„Na, so was", entfuhr es Andrea. „Diesmal habt ihr euch nicht geirrt!"

Während der Rückfahrt zum Club fühlte sich Jennifer furchtbar müde. Aber der Schmerz in ihrem Knöchel hielt sie wach.

„Ihr seid ja richtige Helden", meinte Andrea schmunzelnd. „Ihr werdet sogar in die Zeitung kommen!"

Jennifer nickte nur gleichgültig.

Marko war sehr stolz. Kein Detektiv hatte die Diebe fassen können, kein Polizist. Aber wir haben es geschafft, dachte er, Jennifer und ich. Wir waren besser als die Polizei.

„In den nächsten Ferien lade ich euch als Belohnung wieder ein", verkündete Andrea. „Allerdings wäre es mir lieber, wenn ihr in Zukunft auf solche eigenmächtigen Aktionen verzichten würdet."

Marko stupste Jennifer an. „Glaubst du, das schaffen wir?"

Jennifer lächelte. „Jetzt sind wir doch schon Profi-Detektive, da müssen wir doch immer dort eingreifen, wo es einen aufregenden Fall zu lösen gibt!"

GÜNTER HUTH

Club Paradiso
Entführung auf See

Jennifer und Marko fliegen nach Mallorca, um ihre Tante Andrea zu besuchen. Sie arbeitet dort als Animateurin im Club Paradiso. Aber kaum sind die Geschwister angekommen, geraten sie in einen mysteriösen Fall: Der dreizehnjährige Tino ist spurlos aus dem Club verschwunden! Die Geschwister wollen den Vermissten aufspüren. Doch bei ihren Ermittlungen geraten sie in eine Falle ...

SCHNEIDER BUCH

G. R. CAPPELLO

Club Paradiso
Das Amulett
des Sonnengottes

Diesmal werden Marko und Jennifer von Andrea nach Ägypten eingeladen – natürlich in ein Feriencamp des Club Paradiso. Eines Nachts wird die Animateurin in ihrem Zimmer überfallen, und der Angreifer kann unerkannt fliehen. Am nächsten Tag entdeckt Marko ein wertvolles Amulett in Jennifers Rucksack.
Wer hat den kostbaren Schmuck dort versteckt? Die Geschwister wollen das Rätsel so schnell wie möglich lösen.